U0533700

台北女孩看大陆

郭雪筠 著

人民文学出版社

图书在版编目（CIP）数据

台北女孩看大陆 / 郭雪筠著.—北京：人民文学出版社，2016
ISBN 978-7-02-011388-0

Ⅰ.①台… Ⅱ.①郭… Ⅲ.①随笔—作品集—中国—当代 Ⅳ.①I267.1

中国版本图书馆CIP数据核字（2016）第022058号

责任编辑　文　珍
装帧设计　李思安
责任校对　刘佳佳
责任印制　苏文强

出版发行　人民文学出版社
社　　址　北京市朝内大街166号
邮政编码　100705
网　　址　http://www.rw-cn.com

印　　刷　北京智慧源印刷有限公司
经　　销　全国新华书店等

字　　数　156千字
开　　本　880毫米×1230毫米　1/32
印　　张　8.75　插页10
印　　数　15001—18000
版　　次　2016年5月北京第1版
印　　次　2016年7月第3次印刷

书　　号　978-7-02-011388-0
定　　价　35.00元

如有印装质量问题，请与本社图书销售中心调换。电话：01065233595

目 录

前言　台北女孩自我介绍　/　001

在台湾的故事

1　那些年，台北女孩与大陆　/　003

2　那些不安的台湾年轻人　/　008

3　第一次踏上大陆的土地　/　017

4　台湾人，为什么用大陆的论坛？　/　025

5　豆瓣上的台妹　/　032

6　飞向北京　/　038

7　台北女孩与"中国地理"　/　045

在大陆的故事

1　那些乱七八糟的叮咛　/　051

2　台湾学生，能拼得过大陆学生吗？　/　060

3　灰机与"儿"　/　066

4　那些台湾人会做的蠢事　/　070

5　台湾男人与大陆男人　/　076

6　那些甜蜜蜜的台湾女孩儿　/　082

7　传说中的贫富差距　/　091

8　总裁与我　/　099

9　不负责任小诀窍之"如何分辨台湾人"　/　105

10　人人都爱骂　/　111

11　认命不认命？　/　118

12　冲啊　/　126

13　有车了不起啊？　/　136

14　关于"吵架"这门学问　/　145

15　泥好老外　/　152

16　亲爱的小姐们　/　159

17　关于"地域之争"这回事　/　166

18　有人收盘子耶！　/　173

19　亲爱的运将大哥　/　181

20　亲爱的，谢谢你没有毒死我　/　189

21　山西告诉我的几件事　/　196

22　蓝天、羊肉、建筑工地　/　201

23　咱们没文化，但实在！　/　207

24　哈尔滨,二货们　/　216

25　台湾好同伴　/　222

26　后来,上海　/　226

27　两年了,亲爱的北京　/　234

28　从大陆学到的事　/　241

29　陆归派回台湾后　/　246

30　他们眼中的大陆　/　253

31　为什么要写两岸话题呢?　/　259

贴心附录:

冤枉啊,台湾/大陆,并不是这样子的!　/　263

后记　我是"爱台北",我爱北京　/　267

前言　台北女孩自我介绍

我是一个来自台北的女孩。

从前对大陆的认知？和其他同龄小鬼一样，大概就是"那是啥"以及"噢，听说很大"吧。

我的成绩一般，长相一般，是台北万千女孩中最普通的那一种。出生的八零年代，是台湾经济情况很好的年代。成长的九零年代开始，是台湾经济急转直下的年代。初中时常听老师说："从前的台湾多有钱啊，去欧洲扫名牌一次买个一打都不够……"

这些追忆往日光辉及对对岸崛起的艳羡（不光是大陆，韩国在我初中时看来也就勉强够温饱），一路伴随着我成长。

事实上，我们这些八零末的台湾小鬼虽然没吃过什么苦头，但成长在一个"台湾的未来在哪里"的动荡年代。报刊上最常出现的问题就是"你的薪水在哪里""你的未来在哪里"和"好吃的日式料理在哪里"。

由于大学新鲜人的22K低薪制（这个后面再细说），许多念酒店管理、餐饮管理或其他专业的，都往新加坡澳门欧洲跑。而我呢，到大学为止都没什么大动作。我羡慕身旁可以去澳洲当赌场员工、去菲律宾五星饭店工作的朋友。他们说走就走，我只会在爸妈的"不要去，那里很危险"中干瞪眼。

2011年秋，大四毕业后，我终于自己做了一个决定：申请北京某大学的研究生。去大陆读书在台湾仍不是常态，多数赴大陆就读的是台商小孩。

去大陆读书？为什么去大陆啊？

有很多原因，最大原因应该是想逃开家人对我的管制，第二大的原因是懒得补托福。

说真的，我根本没想过自己有一天会去大陆。

我出生在台湾离"大中国"教育越来越远的年代。

小学时，我很讨厌被当是外省人。

初中时，大陆地理让我背到大哭（山西和陕西到底有什么分别！）。

高三时，"大陆"一直频繁出现在新闻里，但我对它的概念停留在"好像卫生条件一般？"

直到大四上学期时,我开始玩豆瓣,我开始有大陆网友,才真正听到他们的声音,才改变了"大陆就是脏乱差"的刻板印象。

你有没有和大陆同学吵架啊——在北京读书时,这是我每次回台湾都被问到的问题。

当然没有。一是我口才烂,每次吵架只能"我我我……你你你才傻×";二是我不认为有什么好吵的。

台湾同学和大陆同学吵架有固定模式,就是各说各话。轻点是在网上,大家吵完洗洗睡了;严重点的常发生在国外大学,两岸同学因为分歧当不成朋友时有所闻。

在大陆的台湾人常需要充当两岸桥梁,替困惑的对岸人民解惑。可常发生的对话就是:

大陆朋友:台湾人是不是井底之蛙啊?

我:你才井底之蛙。

台湾朋友:大陆人是不是思想封闭啊?

我:你才思想封闭。

问题都很像,真是两岸同心。

两岸交流最奇妙的是,我们希望和对方"交流",但我们只想听到"自己早知道并且同意"的话。

很多时候不是谁对谁错。除了布鲁斯·威利斯帅翻了以外,世上没有真理。

很多时候,我们的生气愤怒都是因为自己的角度不同而已。

到大陆后,很多时候也会受小委屈,很多时候也会因为"我帮你们讲话,但网络上还是很多人爱找我吵架"这种蠢理由而生闷气……

但是,当我和大陆朋友分享国共内战的历史,互相惊讶:"原来这段历史你们是这样教的……"我才发现,因为两岸的特殊关系,我们才可以听到完全相反的意见,才可以学会包容截然不同的观点,才可以发现两岸中华民族有不同,但更多的还是相同。

到大陆后我才明白,台湾、大陆,对彼此而言,是有时恨得牙痒却又须臾离不开的可爱存在。

写了这么多,就是想告诉正在看书的你,这里没有什么大叙事、新闻体。

只有一些关于两岸的,大陆的、台湾的日常闲话。只有台北女孩会对好朋友说的真话。

这些是我眼中的北京,我眼中的大陆,我眼中的台湾。

或许我写不出百分之一百的真实答案,但至少这次我不会告诉你标准答案。

最后废话一句,文章仅为个人观点,不代表其他。

在台湾的故事

1 那些年，台北女孩与大陆

我出生那年是1989年，那时台湾还没民选"总统"，马英九离"总统"之路很遥远。

据说我父母那代台湾经济很好，还沉浸在亚洲四小龙的美梦中。在"台湾钱淹脚目"的年代（意思是说以前台湾经济发达，钱放在地上都可以盖过脚踝），我身为公务人员的爸妈还是很节省。而那时的台湾，大家也没有那么热衷考公务员。

"敢挑食？有饭就吃，不然把你送去非洲"是我家的家训（是不是所有死小孩都被"敢浪费就把你送去埃塞俄比亚"这种话威胁过？）。

大家都知道台湾有分本省人、外省人，我父亲是外省第二代，爷爷是撤退来台的河南人。我母亲是地道本省人，我就是俗称的"芋头番薯"（就是本省、外省血统各占一半的孩子）。不过，在小学时，本人的普通话发音奇烂无比，"老师"说成"老疵（ci）"。终于，在小学三年级时，爸妈受不了了，找了学校里一位老师专门教我普通话发音。

该位老师是地道的外省人，发音还带了点儿北京味。多亏了该老师，我的普通话比一般台湾人标准，虽然还是有明显的台湾腔，但在台湾我的发音差不多到达外省人的程度。因此，在2000年，陈水扁先生当选领导人、台湾省籍情结爆发后，我开始讨厌自己的标准普通话。

从前国民党一党独大的台湾，多位外省精英当政，著名作家如张大春、苦苓亦是外省人，外省人挺吃香。然而在我懂事后，多位本省精英如陈水扁、谢长廷的成功，让本省人彻底扬眉吐气。陈水扁先生是地道本省人，曾被称为"台湾之子"。

本省人才是台湾人，本省人才爱台湾，这样的狭隘思想自2000年后开始爆发。

多亏了标准的普通话，我是演讲比赛的常胜军。但自从台湾人开始有"省籍情结"后，我常被归类到外省人，而当时的我根本不想当外省人。

我知道外省人就是撤退到台湾的大陆人，我听过姥姥骂当年国民党军人的恶行恶状，我听过母亲谈论本省人被外省精英迫害的故事。

在我读小学和初中的年代,我们眼里只有日本和美国。那时,韩国和大陆都不在我们的"世界地图"上,我们在日本漫画和美国文化的背景下长大。

那时,路上可见有一口浓厚大陆腔、随意吐痰的老先生。有人告诉我他们是撤退到台湾的外省老兵,大陆人就是这样,他们没规矩。

在那时,我真心觉得当外省人很丢脸。所以每当有人问起我是本省还是外省时,我毫不犹豫说:"当然是本省,我家都说台语。"

大陆朋友别急着抗议,我知道台语叫闽南语,也是从大陆传来的。但在某些台湾人心中,台语就是台湾话,讲台语是爱台湾的表现。

上了初中,我才对大陆有一点具体概念,这要归功于我的班导师。她应该是台湾少数够胆量,敢在课堂上讨论政治、同时暴露自己政治立场的老师。

"台湾和大陆本来就是一体的,就好像有脐带连着一样,何必硬要把它剪断呢?"她常在课堂上这样说。

"白痴也知道她是国民党的!"班上同学常私下讲。

当时的我们对政治懵懵懂懂,哪会知道这是多敏感的议题。

如果放到小孩子早熟的现在,该老师恐怕已经被全班同学攻击了。

在当时,我们只当是听笑话,顺便给她扣了一顶"政治老师"的帽子。现在想想,我的初中班导师实在太大胆,在台湾,老师是不能在课堂上公开谈政治立场的,如果被家长知道,可能会惹麻烦。

幸运的是,"政治老师"没有被家长投诉,安全当了我初中三年的班级导师。

除了台湾、大陆不分离的理论外,她还振振有词地告诉我们:"你们不要看大陆现在又穷又脏又乱,大陆会崛起的,你们以后可能还会去大陆工作。"

再一次,没人理她,我们把它当笑话听。在当时没有人相信大陆会崛起,没有人相信我们以后会到大陆发展。

大陆怎么可能崛起?我初中的地理老师去过大陆无数次,总告诉我们:"在大陆,厕所是没有门的,台湾人去大陆玩必须随身带雨伞!"没有门的厕所!这可能是我爸妈小时候才有的生活环境!这是好久好久以前的台湾!

我相信有不少同龄的台湾朋友,对大陆的初步认识都是"厕所没有门"。

尽管班导师信誓旦旦,但当时的我仍觉得荒唐。这个"大陆"怎么可能会变厉害?大家都知道"Made in China"的食物不能吃,那里的人民收入远不及台湾,那里又脏又差。

我从没想到,不到几年,大陆就占据了台湾重要的新闻版面。我从没想过,初中的"政治老师"还真是铁口直断。

再次频繁地听到有关大陆的讯息,是2006年,红衫军倒扁,那时我高三,未满十八岁。

那年,陈水扁先生已经由人人称赞的"台湾之子",成为"台湾之耻"。

那年,已经充斥着大陆崛起的信息,电视里的台商说上海是充满钱和机会的地方。

那年,是我真正体会到,原来政治和老百姓的生活如此相关。那年,是我第一次产生近似知识分子的忧国忧民情绪。

那年,是台湾社会充满变动的一年。

2 那些不安的台湾年轻人

先说一个关于台湾本省精英的故事。

这位青年出生在台南,家庭贫苦,是一位勤奋聪明的好学生,他考上台湾大学法律系,并以第一名的成绩毕业。1979年,美丽岛事件爆发,一群诉求民主自由的党外人士被当时仍高压威权的国民党逮捕及审判,这是台湾历史上有名的"美丽岛大审"。该位青年当时担任这些被告的辩护律师,自此踏入台湾政坛。

在仕途上,他扶摇直上,曾以最高票当选台北市议员,1994年,当选台北市长,2000年,成为台湾地区领导人,他就是让国民党痛失台湾统治权的阿扁"总统"。2004年,发生引起争议的"三·一九"枪击案,他以0.2%的些微差距赢过对手,连任领导人。

2006年,昔日挑战威权、为正义而战的律师,成为台湾百万人民上街头声讨的对象。

他执政八年,彻底改变台湾的命运。

在我读高中的那三年,也就是2004年到2007年,台湾发生翻天覆地的变化。连我们这些还不明世事的年轻学生,也清楚嗅到转变的危险气息。

2004年,韩流兴起,终结了台湾人眼里只有日本的年代。2005年,韩国人均收入超越台湾。

2006年,长久以来经济的衰败、弊案的发生,终于让人民忍无可忍,发生了闻名世界的红衫军倒扁行动。事件的发起人是国民党时期的政治犯,美丽岛事件的受害者,为了自由蹲过二十五年苦牢的施明德先生。

以上,是我查资料得到的结果,因为本人不学无术。

那年我升上高三不久,是准备考试的苦高中生,只知道有个曾经是陈水扁战友的人挺身而出,反对这个贪污腐败的政府。

这场活动盛大空前,全民参与。参与率多高?非常高!连我们这群最应该不问世事、闭门苦读的高三生都参与了。

那时,我们班有同学连晚自习都不参加,一放学就背起书包,到"总统府"前和一片红衣的热血民众一同静坐抗议。隔天还会到班上四处炫耀:"我昨天去反阿扁了喔!"马上引来一片赞叹追问。

还记得,那时我是深信"不读书就考不上好大学,以后会去捡垃圾"的笨蛋高三生,对于朋友这样的行为很不解,问他们:"为什么要去反阿扁啊？那是大人的事。"

"什么大人的事？听说现在大陆发展得很好，再这样下去，说不定哪天连大陆都比我们有钱。"同学振振有词。"什么大人的事？这是全民的事。"

连大陆都比我们有钱。这句话充分反映出从前台湾人的心态。是的，我相信多数台湾人，包含我，都没想过有一天大陆人的收入可能会超过台湾。

国家兴亡，匹夫有责，这是我人生第一次体会到这个道理。那位同学我已经不记得他的面孔，但他的话我到现在都还清楚记得。

政治不是大人的事，是全民的事，不分老幼。因为它影响的，是整个民族的未来。

红衫军活动愈演愈烈，越来越多同学参与。我们班导师知道这件事后竟然也没有阻止，只是无奈叹气，大有"你们真是生不逢时"的伤感。

后来我才知道，同学们之所以热衷于当红衫军主要不是为了打垮陈水扁这个贪腐"总统"，而是因为——抗议现场有、食、物、吃！

难怪台湾会成为美食宝岛，因为没有任何阻力可以阻挡台湾人追求美食的目标！

很多大陆朋友只是看了些台湾立法机构打架的画面，就信誓旦旦认为台湾很"乱"。其实台湾人民是非常爱好和平的，不争、不斗、不急,那场红衫军倒扁行动被外国媒体视为"暴动",还发出旅游警告,告诉外国人"台湾动乱啦、别去呀!"殊不知抗议现场不是警民冲突,不是你死我活,现场吃喝聊天,喊喊口号,大家左邻右舍还会交个朋友。

"那些婆婆、大叔都会自己带便当和零食,看我们是学生还会分给我们喔。"班上同学隔天还拿出相片分享。一群嘻嘻哈哈的民众互相拥抱,如果不是后头的"阿扁下台"标语,你还真会以为这是浩大的联谊活动。

不管参与率有多高,"阿扁下台"的呼声有多大,阿扁还是稳稳地坐着"总统"宝座,直到2008年。

而我们班那些忧国忧民的同学呢?幸好,最后大家都考上了不错的大学。

2007年7月,我成为大学新鲜人。在大学校园里,我们更深刻感觉到危机和悲哀。

2007年,出现了一位大陆朋友没什么印象,但和我同龄的台湾朋友一定记得的知名人物——杜正胜先生。

杜先生是2004年陈水扁连任后的"教育部部长",一直到2008年才卸任。他最早加入国民党,继而任台北故宫博物院院长,直到台湾"教育部部长"。

这位看似很普通的公务员，却在2007年成为台湾媒体的红人。他的成名和政绩绝对没有关系，而是和一个故事有关。

有三只小猪，大哥、二哥很懒，小弟很勤奋。爸妈要他们盖房子，大哥用茅草盖，被野狼吹散了；二哥用木头盖，被野狼撞垮了；最勤奋的小弟用砖头盖，野狼没办法。这个故事教导小朋友要勤奋。

没错，这就是知名的三只小猪的故事，而咱们杜"部长"也被封为"三只小猪部长"。起因于2007年1月22日，台湾媒体发现"教育部"的网络成语词典中，将"三只小猪"当成成语，在新闻中批评"教育部"。

当晚，杜先生表示，三只小猪纳入成语词典并没有错，每个童话故事背后都有典故，这可以让大家活用典故。他身为"教育部长"，非常坚持"三只小猪"就是成语，还在公开发言中举了一个经典例子——

"我看到小朋友很偷懒，作业都不写完，马马虎虎、草草率率，我说：'你不要像三只小猪的老大，三只小猪的故事你要想一想。'这就是运用成语了！"

此话一出，媒体乐了，争相报道。而当时身为高三生，马上要面对第一次大考的我们也乐了，他的称呼从"教育部长"直接变成"三只小猪"。我们的国语老师还特地在课堂上义正词严地表示：

"大家千万不要向杜'部长'学习,三只小猪绝不是成语。"

以上,还是我查资料的结果,本人记忆力不佳。

这件新闻让台湾热闹了好一阵子,也让我的高三生活多了趣味。

现在回过头来看,2000年到2008年,我真的想不出台湾有任何进步,像是时间静止一样停滞不前。

2007年9月,我开始了大学生涯。我的科系很重视"师长、师姐"与"师弟、师妹"的关系,我和师长、师姐们处得很好。偶尔,大家出去把酒言欢,酒过三巡后会开始吐真言,叹息政府、叹息停滞的发展、叹息这些败坏台湾的政客。

要知道,台湾学生多数绝不轻易谈政治,因为不知道对方的政治立场。当大家开始关心政治时,代表真的对政府非常无奈伤心,不分蓝绿。

怎么会不伤心?刚上大学的我们,或是快毕业的师长、师姐,面对的是不知道在做什么的政府,以及对岸大陆,还有近邻韩国的崛起。它们起飞的速度,对照台湾同时期的发展,更显讽刺可悲。

在台湾,帮佣、盖大楼、照顾老人这样的工作常常是东南亚朋友担任,来自印尼、菲律宾、泰国,我们从懂事起就知道有"玛丽亚"。玛丽亚是台湾人对菲律宾女佣的称呼,那些"玛丽亚"们都是年轻女孩,多数还是大学学历,只因为菲律宾政府贪污无能,经济萧条，这些年轻女孩才会流落海外做家务。

"再这样下去，大学生毕业就去当台劳了。"这些悲观的说法，是我第一次听到。

大一下学期，我修了一堂选修课，一同上课的有一位泰国留学生。当教授在课堂上询问："泰国最近经济好吗？"该位泰国学生自豪地说："比台湾好多了！"当时课堂上，教授和其他同学立刻沉默的抑郁气氛，我现在还记得。

不可否认，从前的台湾人自恃亚洲四小龙，对于东南亚国家向来有点看不起。从没想过，有一天我们可能比别人还糟。

人民对未来失去信心——这是扁政府执政后期，我在大学校园里最深刻的感受。

在这样的气氛中，一个政治明星出现了。他早在1998年就是陈水扁先生的敌人，寻求台北"市长"连任的陈水扁先生败在这位帅哥手上。

2008年大选，班上同学没人开赌盘，因为赢家可想而知。2008年5月，他因"为台湾人民提供新希望"，入选为美国时代杂志2008年全球百大影响力人物，并登上封面。

他以两百万票大胜，开启了台湾新的一页。

我第一次知道马英九先生是在1998年，他击败陈水扁当选新任台北市"市长"。看电视新闻时,记者访问他的选民:"为何投马英九?"该位选民兴奋地回答:"他好帅喔!"

"帅?帅能当饭吃啊!"我妈那时对电视机不屑地骂。

很显然,在那个裴勇俊还没成为师奶杀手的年代,马英九先生掳获了二十岁到六十岁台湾女性的心。在马先生的支持者里,女孩子的确占多数。

时隔多年后,那位被我妈评为"空有一张脸"的帅哥成为台湾人民的新希望。当时的台湾封闭太久,多数台湾人期待开放后能挽救台湾的颓势。

所有大陆朋友都知道,马英九先生上任后,开放两岸直航,开启两岸互动。

扁政府时期,多数台湾人相信就是因为拒绝与大陆往来,台湾经济才会沦陷。

马政府时期,两岸开放,许多人满怀期望地相信自己收入会更高、生活会更好。

全民盛大空前的支持率撑了不到一年,对他的政策批评声浪越来越大。越来越多人批评他"太过倾中""矮化台湾"。马先生执政期间房价飙涨,以及"22K政策",更让他的支持率一路下跌。

这些批评者当中,许多更来自当初2008年的支持者。2012年,我身边的朋友有一半没投票,因为不知道能投谁。

财团富了,年轻人穷了,贫富差距更大了。

我不是一个经济学者,我讲不出经济道理,我能反映的,就是一个老百姓在这个荒乱年代的真正感受。

到北京后,偶尔和大陆人谈起马先生。多数大陆朋友对他的印象是正正正,好好好。有人会期待地问我:"马英九先生做得不错吧?台湾人喜不喜欢他?"

唉。

3 第一次踏上大陆的土地

2009年7月中,我踏上了大陆的土地。长久以来,我们只在新闻报道中看见的大陆,终于可以亲自走一趟了。

那是我大二升大三的暑假,也是台湾和贵州开启直航的日子,而我和家人幸运地坐上"台湾和贵州直航"的第一架班机。下飞机时,当地官员还到机场接待每位旅客,送上贵州娃娃。

第一次真正接触大陆人是在贵州机场,印象好极了!因为那位海关大哥非、常、帅!当然,这是以当时的眼光来看。

或许很少接待台湾团,那位大哥的笑容灿烂,让年纪尚轻、没见过世面的台湾女孩开心了一天。

来迎接我们这群"呆湾团"的导游是一位刚毕业一年的美丽姑娘。真的是一个美人!长长的及腰头发,白嫩嫩的皮肤和大大亮亮的眼睛,我们这团所有男性都乐歪了,纷纷表示——这次旅行一定很棒!

　　漂亮导游叫小云,虽然衣着很中性,背着大包包、布鞋和牛仔裤,但还是掩盖不住天生丽质。说真的,那次九天的贵州旅行我除了酸汤鱼、黄果树瀑布以外,记得最清楚的就是漂亮的导游姐姐。

　　当然,形单影只的男人们暗自窃喜,携家带眷的只有干瞪眼的份儿。那时同团的有一位大学教授,四十岁出头,身材样貌保养得宜。他非常喜欢找漂亮导游讲话,美其名曰交朋友,实际上就是勾搭!他完全符合大陆朋友对台湾男人的印象,两个字——好色!

　　印象最深的就是他为了把妹,老是在爬山时、散步时、晚餐时……在任何时间点找机会和小云攀谈。有时实在不知道要如何开口就会问一堆烂问题,比如:

　　"你觉得周杰伦比较帅,还是王力宏?"

　　难怪到了四十岁还没讨老婆!

　　2009年到贵州,那时贵州机场的厕所挺脏的,一群人一边蹲厕所一边感叹:"果真这里是大陆啊!"台湾人实在很在乎厕所,我朋友去日本后最开心的不是食物好吃,而是"马桶好干净啊!"

　　2009年时的贵州旅游,很符合台湾人对大陆的刻板印象——吐痰、不干净、厕所脏乱。当时的心情与其说是鄙视,不如说是兴奋。这种心情很像是大家去印度孟买旅游,不会有人对着摩天大楼和商场赞叹,而是会到贫民窟对着困苦的孩子猛拍。

上厕所时,因为门没有锁,我和姐姐总是轮流上,一人进厕所另一人就用手抵着门。以当时来讲,这样的经验非常新鲜,毕竟以前从没体验过。

在贵阳的商场逛街时,一个又高又帅的帅哥从眼前走过,我像花痴一样用眼神追逐着他的身影,看着他走到商场门口,然后是熟悉的咳——呸!

当场像是被泼了一桶冷水,不过还是感觉很新奇。毕竟台湾会做这样动作的都是老伯伯,没有这样年轻貌美的。不得不承认,除了新鲜外,的确是有那么一丝优越感。很多台湾人到大陆后就会像个刻薄继母一样,用自己的眼光挑剔对方。

哎哟,好脏呀!我们那里哪会这样……我们那里的人才不会……这里的人怎么这样啊……

我并非不善良,这是人在进入不同环境后难免产生的比较心理,现在想来的确挺讨厌的。

忘记是第三天还是第四天,吃完早餐后和一位同团的婆婆聊天。提起这些问题,年近六十的婆婆笑眯了眼,很和蔼地摇头。

"你们这些年轻人不知道,以前台湾也是这样子啊!以前大家不是槟榔渣随地吐吗?外国人见到,还以为台湾人身怀绝技,可以随时吐血。现在不是都没见过了?大陆也一样会慢慢进步,这都是必经过程啊！我觉得贵州人很好,不随便欺骗观光客,看到你都笑眯眯的。"

"我们来旅游,是看不同地方的风土民情,不是比较谁比谁好。"

谢谢那位婆婆,自此以后,我尝试把那无聊的比较心收敛起来。也因此收获到了最美的贵州风景——贵州人民的和善。

如同很多大陆人到台湾后会觉得"台湾人煮菜到底有没有放盐",我第一次到大陆后最不适应的就是食物口味。

油、咸、辣,在贵州的九天,我每道菜平均只吃一口,每顿都用白饭把自己喂饱。贵州的名菜酸汤鱼,那个滋味真是一试难忘!难忘本人因为不适应在厕所待了半小时,犹记得出来时当时的团友小云递给我几片饼干,还配上同情的眼神。

除了酸汤鱼的惨剧外,自然风景倒是一绝,黄果树瀑布的壮丽我到现在仍记忆犹新。

在贵州好几天都是爬山,爬到最后我连在爬什么山都忘记了。某次我站在半山腰呼哧呼哧喘气,一群老伯伯招呼我到一旁的平台坐着休息。"你是哪里的?"

"台湾。"

几个伯伯眼睛亮了。"台湾人呀,台湾和大陆是一家的,我们都是一家人。"

我……我……当下，我不知该如何回答，嘿嘿地傻笑几下赶紧溜走。

我们都是一家人，对于大陆朋友来说这样的话很容易说出口，但是对多数台湾人来讲，这个说法我们无法轻易认同。

因为我们受的教育不同，我们接触的讯息内容也不同。从小我们接触有关大陆的信息，往往和"导弹""武器"等关键词连在一起。

许多台湾人小时候都有防空演习的经验，会播放广播、还会有直升机呼啸而过的声音。就算当时不懂世事的我们也知道，那就是演练当大陆打来台湾时，我们该如何。

虽然演习时一群死小鬼还是嘻嘻哈哈，但在根深蒂固的印象中，大陆不是个友好的地方。

这不是两岸人民的错。都是友善的，无奈敏感的政治因素让我们有截然不同的两种想法。

但，这些贵州老人哪里知道这些呢？他们是掏心掏肺的、真诚地认为，我们是一家人。我们同是中华民族，我们说相同的语言，这是我在贵州旅游中，常听到的话。

不只是我，其他团员也碰到过。我仔细观察每个人的反应，发现有个现象很有趣。

五六十岁的伯伯大姐们，多数会投以热情的回复："是啊，大家一家人嘛！"不过，语气里开玩笑的成分较多。至于二三十岁的年轻人，每个人都是傻笑几下，有的脚底抹油，有的会立刻转移话题。

不过，旅程最后，我学会了热情回应："是啊，两岸一家。"因为我发现，这样一讲，贵州大叔们会笑得很开心，好像中乐透一样。小小一句话，可以让老大爷们开心，可以促进两岸和谐交流，何乐而不为？

除了政治外，旅游当然是吃吃喝喝、买纪念品。2009年的贵州民风淳朴，旅游区纪念品贵一点是一定的，但基本上不会贵得太离谱。在台湾就听说，大陆宰游客非常厉害，杀价记得从半价杀！杀不下来？请扭头就走！如此一来，摊贩就会过来追你，便宜的价格会成交。

在风景区买很可爱的"贵州娃娃"时，摊贩开价三个二十，我立刻说四个二十。摊贩大婶皱了皱眉，摇头，我帅气地转头就走。

走了好几步，回头发现大婶还坐在那里看报纸，理都不理你。最后，我像是斗败的公鸡一样走回去，三个二十，成交！

刚付完钱，同团的婆婆走过来，"这娃娃做得真好看，多少钱呀？"

"三个二十。"

"有点贵，就四个二十吧。"婆婆掏出二十元钞票交给摊贩大婶，"哎呀，就让我拿四个吧，你开心我开心大家开心，对吧？"

完全是流氓式杀价法！然后……成功了。

果然姜还是老的辣！站在一旁的我完全被雷到了，看看人家，多干脆利落！

后来我发现，这招挺好用的。哎呀，大叔您就卖给我吧，你开心我开心大家开心，多好，是不是？用这招买其他便宜的纪念品，还真是好用。

都说台湾是人情味的社会，其实大陆何尝不是？

旅程结束后，回到台湾，开学后和朋友讨论着吃喝玩乐的暑假。台湾人旅游普遍首选日本、香港，近几年又多了个韩国。

大陆，相较于日本香港，台湾同学对它却陌生太多。

我说"我去大陆玩啰"，通常多数会出现以下对话——

去大陆？哦，是去上海？

不是。

北京？

不是。

那去哪？

贵州！

……啊……哦，好玩吗？

我说，好玩啊，除了食物不适应。人民很和善啊！同学们点头称是，但我看得出他们唯一的想法是——贵州到、底、在、哪、啊？！

对当时的同学而言，除了北京、上海、深圳外，对大陆其他地方恐怕比对美国各州还陌生。

  而我,很荣幸地,在2009年,除了北京、上海、深圳外,又多知道了一个美丽的贵州。

  到2010年,我对大陆的了解就迈进了一大步。

  我加入了豆瓣网站,这个举动改变了我的人生。

我心目中来大陆必做的三件事

1. 吃烧烤和牛蛙。

老板起开！你烤得太慢啦！
再给我去拿几盘牛蛙来！

2. 去五道口喝酒。

五道口

3. 和男人约会。

山西？陕西？@！#

小亲亲，我来自陕西……

ORZ……

两岸同心

为什么台湾人老爱搞分裂啊？
因为教育和环境啊。

为什么大陆人老爱搞统战啊？
因为教育和环境啊。

台湾人是不是井底之蛙啊？
你才井底之蛙。

大陆人是不是思想封闭啊？
你才思想封闭。

问题都很像，真是两岸同心。

4 台湾人，为什么用大陆的论坛？

会加入大陆的论坛，起源于大四上学期，我选修了一堂课——两岸关系。

修那堂课的同学不少，我想几年前没有人想得到，有一天，台湾人会如此渴望了解中国大陆。

我们老师是一位年过半百但保养得宜的大叔，全身散发的气质像是一位优雅的老绅士。他是从年轻时就开始接触大陆、了解大陆、赴大陆读书的台湾少数怪人之一。

他说，在他们的年代，哪个神经病会想到去大陆读博士啊！现在竟然这么多学生坐在台下，渴望了解对岸，他老人家真是感动得老泪纵横啊！

"我发现，台湾人对大陆太不了解！尤其是年轻人！你们对日本的了解，远高于对大陆的了解。这是很奇怪的，先不说咱们讲相同的语言,对岸十三亿人的市场啊！十三亿！难道你们不想赚对岸的钱吗？"

"想啊,所以我们才修这堂课！"一位男同学发言了,引来其他同学的一阵点头。

大陆朋友一定会觉得,台湾人真现实。但台湾的上海热,乃至于世界的"中国风",不都是为了抢赚十三亿人的钱吗？不可否认,这也是我当初想了解大陆的目的。

大学四年,"未来的市场在大陆""年轻人到大陆有更多发展机会",这些言论我们听过无数次。台湾的人力银行调查,年轻人愿意赴大陆工作的比例逐年上升。

在我四年的大学生涯里,大陆对台湾人而言似乎是个遍地是钱的地方。

话题回到课堂上,我们老师拿出几张图片,图片上的人都是大陆中央重要人物,老师问我们能不能认出图片上的人。

结果,除了毛主席获得超过半数学生的认识外,全班点头说"认得"当时的胡锦涛先生和温家宝先生的人不超过十个。

为什么毛主席大家认得？因为以前历史课本上有！

在此也说一下个人在大四时对大陆政治人物的认识,可以用非常简单的数学符号来说明。

毛泽东先生＝"文化大革命"。

邓小平先生＝黑猫、白猫,会抓老鼠是好猫。

江泽民先生＝曾经的大陆领导人。

胡锦涛先生＋温家宝先生＝现任的大陆领导人。

当时,胡先生是总书记,温先生是总理,光是两人的头衔就让班上同学吵翻天。有人说,胡先生职位是最高的,有人说温先生才是最高,当时,班上多数同学根本搞不清总书记和总理谁的官比较大。

最扯的是,我身旁某位显然历史挂科的同学还指着毛主席,坚持那是胡先生。被我纠正了之后还坚持说,哎哎,两人不是挺像的?

哪、里、像!

总之,那堂课真是精彩万分。不光是大陆朋友会被雷到,连我们老师也被雷到了。课堂后半段,他反复拿出那些图,非得让我们记住谁是胡先生、谁是温先生才行。

这样看起来好像台湾学生很傻,其实比起外在新闻,多数台湾年轻学生更关心自己的生活——男女朋友、打工、电影电视剧。马英九先生、李登辉先生的面孔会频繁出现在我们生活中,没有人会不认得。

但对岸领导人,说实在的,只是新闻里的一个名字,"我没必要认识他的脸,知道这个人就行了"——这是我身边大多数台湾人的想法。

是对是错，无从评判。

2012年，习先生上任后，我已经在北京。我突然想起以前大四时的那堂两岸关系课，兴冲冲地拿了习先生的图片让台湾朋友"指认"，结果发现认识的人有近一半，比以前的两岸关系课好多了。

或许是因为我们又长大了，更关心社会了，关于大陆的认识也更多了。不过，我台湾的女生朋友表示，这是因为——

习先生长得很可爱，让人印象深刻！

至于李克强总理呢？能认出他的台湾人还不多……

时间再跳回2010年，两岸关系课让我发现我对于大陆一点也不了解，这样以后如何到大陆去"淘金"？要了解大陆，必须先交大陆朋友。

那时"陆生赴台念书"还没成为流行趋势，想要交大陆朋友最简单的就是通过网络去交几个大陆朋友，他们告诉我大陆的信息，我分享台湾的信息，互通有无。这是我当初很纯粹的想法，结果当即被很好的朋友泼了一桶冷水。她是外省三代，深蓝阵营的支持者，按照很多人的刻板印象应该是属于"亲大陆派"，然而因为她接触大陆朋友的印象经验特别差，对大陆人产生负面观感，在她的认知里，台湾人跟大陆人很难交朋友。

"大陆人有兴趣的就是政治议题,他们根本不想知道台湾的真正情况,只会一直问你'你是蓝还是绿?'"这就是我朋友接触大陆网友后的感想。

我问了身边很多台湾朋友,包含一两位在大陆文学网站写文章的朋友,对于大陆网友的印象都是——爱谈政治、爱问蓝绿。蓝绿议题在台湾是一个敏感问题,除非要好的朋友,不然打探别人的政治立场非常不礼貌。

两岸断绝几十年,我明白大陆朋友对于台湾朋友的好奇。但大陆朋友如果真心想与台湾人交流,绝对不要从"蓝绿议题"或"政治议题"开始谈话,不然可能对方三两下就吓跑了。

不管朋友如何不看好,我在大陆网站注册了第一个账号。

那个网站叫作天涯论坛。

后果可想而知。

各种充斥歧视字眼,各种对台湾的错误讯息,还有台湾人装成大陆人、大陆人装成台湾人的错乱现象。那时有一位号称"来自台湾"的网友很活跃,在网络上和人四处笔战,我写了一封信给他,结果他回复"我看不懂繁体字"。

另外还有针对台湾人的各种错误认知。一开始我会很认真地解释——多数台湾人并不是这样的、台湾并没有这样……后来我发现,很多人只是在网络上发泄。

在天涯论坛上想找人真诚交流很难。广大网民在意的，是台湾民进党台独议题，是立法机构打架，或是嘲笑台湾人井底之蛙。

很多大陆网友说，台湾人是井底之蛙，对大陆的印象停留在三十年前，这些大陆网友自己对台湾的认知往往也是错误的。我身旁的台湾朋友多数聪明懂事，自己打工赚钱，然后背着包包环游美国、东南亚、日本，但他们的确不了解大陆，对大陆始终有刻板印象。

但世界有这么多国家地区，我不认为不了解大陆就是井底之蛙。

交朋友，是我一开始到大陆论坛的目的，但在天涯论坛待不到一个月就离开了。我觉得很累，明明可以好好交流，为何总是要用嘲笑谩骂来解决？

那一阵子，我很讨厌大陆人，认为大陆人和台湾人是不可能做朋友的。难怪总有台湾留学生说和大陆学生处不好，因为他们不可沟通。

某天，我正准备注销账号，发现有一封私信。对方说有一个论坛叫豆瓣论坛，或许在那里你可以交到朋友。

然后我到豆瓣，不抱希望地随意注册一个账号。

然后我就在豆瓣安身立命，待了超过三年。

豆瓣改变了我对大陆和大陆人的想法，让我更了解大陆的年轻人。我交了很多好朋友，有像愤青的朋友也有像五毛的朋友。来到北京后，他们由网友升级为现实中的朋友。

曾经有一位四处和台湾网友打笔战、被我归类为"此人为台湾人之共同敌人"的大陆网友，在我来到北京后一起吃了几顿饭、喝了几瓶酒，这位爱党、爱国的大哥从此成为本人的好哥们儿。

他在网络上攻击力十足，炮火猛烈，就是个讨厌鬼！没想到见面后发现这家伙好腼腆啊！讲几句话就脸红，笑起来羞怯无害，活像一只小白兔！

人有双重人格，网络和现实中的人格往往是相反的，我从此有了新体悟。

其实不论是台湾人还是大陆人，大家只是单纯地不希望别人批评自己家乡。

两岸交流的前提，就是有同理心，互相尊重。

这个道理听起来很矫情也很废话，但就是这样啊！

5 豆瓣上的台妹

上了豆瓣后,我的第一个发现,可以说是很惊喜也很惊吓,原来"台妹"是个挺受欢迎的品种。很多大陆朋友看到来自台湾的女孩,就会摇头晃脑地哼出那首流行曲"我爱台妹、台妹爱我……"

在此科普一个小知识——在台湾,对于年轻女孩,"台妹"绝对不是一个又好听、又礼貌、又高雅的称呼,可能会换到一个大白眼。台妹,是指那些比较"土"的女孩……为了避免攻击到别人,在此不太方便形容,反正绝对不是个好听的词。

上了豆瓣不到三天,我就发现很多大陆男性朋友喜欢台妹,因为他们觉得台妹嗲、软、嫩。知道你是台妹后,通常会开始发私信,然后私信会一来一回数十次。那时我还没办QQ号,所以常以其中一方烦了、不想回私信了告终。

有时有些网友意图太明显,我会直接速战速决——"我没有

QQ号,台湾人不用QQ的,谢谢喔",一定要配上很做作的笑脸":)",以维持台妹温柔的形象。

在豆瓣我加了一堆小组,包含"康熙来了"小组和八卦小组,偶尔我会看到讨论台湾女孩的帖子,常常出现的字眼除了嗲以外,还有"装"和"做作"。

这成了我第一次主动发私信给人的契机。某位网友说台湾姑娘有多么恶心人又多么装,而本人最痛恨的就是女性同胞被批评。

我有位台湾朋友的声音比志玲姐姐更嗲更软,连我都会起满身鸡皮疙瘩,但人家天生如此啊!再加上台湾的风气是女孩子要甜甜软软,更要会撒娇。不信?去诚品书店走一圈,绝对会发现很多类似《撒娇的女人最幸福》这种书。

这就是地域文化的不同,我们台湾女生也不稀罕找你这种人,你一个男人这样批评女生,以后一定找不到老婆——这几句是我写给该位网友的私信,现在看看感觉颇傲娇(天知道我当初怎么会这样写),果真年少无知。

后来,该位网友回复了一封信,两个字:呵呵。

湾湾就是指台湾人,这是我在大陆的论坛上学到的第一个知识。作为对应,我自己把大陆人叫陆陆。这样称呼感觉很像姊妹,也的确如此,湾湾和陆陆爱吵架的程度绝对不亚于我和我姐姐。

在网上混过一段时间，我已经可以整理出常见的争吵内容。通常战争爆发源自于湾湾批评陆陆没素质，或是陆陆批评湾湾的楼房又小又破又穷。

湾湾会说，楼房高就先进了？把上海盖得像曼哈顿一样就是曼哈顿了？路上的人吐痰、插队、抢出租车，地铁还有小孩撒尿，真进步！

陆陆就会反击，哎哟，你们湾湾除了素质还能拿什么说事儿？不到十年，北上广深的收入就超越你们！

台湾人爱比素质，大陆人爱比高楼。有多少批评大陆人没素质的帖子，就有多少批评台北又穷又破的帖子。每每看到这类盛况都不得不感叹，两岸的确是一家亲啊！

加入豆瓣后不久，茶叶蛋战争爆发。起因于台湾某个综艺节目上一个自称大陆通的来宾说，大陆人穷，买不起茶叶蛋。此帖从天涯火起，一路火到所有论坛。

这场战争的爆发，混大陆论坛的台湾网友都后知后觉。因为还真没人看过那个节目，节目名称我还特地上台湾网站查了一下，结果跑出一堆毫不相关的数据。

大陆网友吵成这样，台湾媒体除了某家报纸写了一小篇报道外，没有任何报道。用台湾使用量最大的雅虎和谷歌查询，除了看到大陆网友的发言外,也看不到台湾人对此的讨论,显然是没人知道,自然也没人重视。

我本来不想在意这个话题,在这时自曝台湾人的身份是自讨苦吃,但看见非常多大陆网友坚信台湾人看大陆就是"穷",停留在三十年前的印象,是井底之蛙(这四个字又出现了)。身为有正义感的台湾网友,肩负着两岸交流的重大责任,自然不能再袖手旁观。

台湾综艺节目素质低,那绝对不代表台湾人民。很多人会说综艺节目会败坏世风,还不是台湾人爱看,或许,但大家边看边骂,骂完后也就忘了。

这个道理不就跟狗血恶俗的连续剧一样?观众爱看又爱骂,骂完没人当一回事。

为了茶叶蛋话题,我开始研究"台湾人是否真觉得大陆人穷"这个命题。当时身为热血青年,特地到办公室以及"非死不可"上做了一份小规模民意调查,还整理出研究结果。样本人数约为三十人,台湾北中南地区的居民皆有。

结果不出我所料。

我身边的台湾人都说:"啊?穷?大陆近几年经济很好啊!不是很爱买名牌吗?"

当他们知道是某综艺节目闯祸后,都非常不以为然。哎呀,综艺节目讲话也要相信？哪这么严重啊？随便看看不就行了？

我们知道大陆贫富差距大，但不会觉得吃不起茶叶蛋啊！他们那么认真做什么？

这些是我身旁台湾朋友的真实想法，我很认真地将大家的说法用Excel整理、统计、分类，那时就是热血啊！如果读书有这么认真，早就考上哈佛了……

很认真地完成调查后，还洋洋得意地贴到论坛上，结果愤怒的群众不领情，只能自己伤心地默默删除了。当时我也不会去争辩什么，我明白大陆网友的心情，没有人喜欢自己的家乡被丑化。

但我彻底体会到什么叫"节目效果，全民埋单"。明明是节目的问题，却伤害到台湾人的形象，让大陆朋友认为台湾人都是没见识的笨蛋。但这些真的不是多数台湾人的想法啊，实在太冤枉了。

那时我心底就默默决定了，我以后一定要到大陆发展，一定要把台湾人的想法亲自告诉大陆朋友。大陆十三亿人，就算多一个人听到来自台湾的声音也好。

2012年7月，我成功到北京生活。不过，当时的动机已经不是两岸人民友好交流、两岸和谐发展这种光明正大又义气凛然的理由，而是因为暗恋的人有了女朋友，一怒之下远走他乡。

这个决定,改变了我的生活,也颠覆了对大陆以往的想法。

大陆论坛让我发现一件事:其实很多台湾人和大陆人都有很相同的怪毛病。

希望别人认可,却不愿意先认同对方。

希望别人称赞,却不愿意先称赞对方。

希望别人对自己友善,却常常不愿意先对别人友善。

对了,继茶叶蛋后,又有台湾某"专家"称大陆人民消费不起计算机,在微博成为热门讨论话题。

有完没完啊!

我只能说,台湾人何苦自己人黑自己人呢……

6 飞向北京

2011年,我从大学毕业,正好赶上"22K"的风暴。

"22K"是政府为了解决大学毕业生就业难的窘境,推出的"大学毕业生实习方案"。企业雇用一个大学毕业生,由政府补助薪资再加上台湾劳保、健保(劳工保险与健康保险),而薪资正好是两万二台币,也就是22K。

此举或许是出于好意,但也拉低了大学生的就业薪资。关于22K的争论在台湾到现在仍没停止,连政府官员教授精英都无法断定的议题在此不班门弄斧了,不过,可以先谈谈为什么大学生拿22K在社会上会出现这么多反弹。

2013年,台湾的法定最低工资,也就是政府保障的最低薪资是一万九千零四十七块台币,工读生每小时为一百零九块台币。不论学历不论工作,每个人都可以拿到这个数目。而台湾的大学生,哪怕是来自全台湾最优秀院校的台大毕业生,也只能拿到只比法定工资高一点点的薪水,让许多大学生无法接受。

因此,"22K逼走优秀人才"这样的报道在过去两三年频繁出现在台湾媒体上。

不过,媒体的报道是真是假也无从考究。因此,我就讲讲我们班上同学的就业情况。

在台湾,4月到6月企业会开始招聘,大学毕业生找工作高峰期普遍在六七月,而毕业典礼通常是6月十几日。也就是说,邻近毕业典礼甚至是毕业后,毕业生普遍才会开始行动。

当时,媒体上专家学者天天在呼吁"台湾经济不好、就业局势严峻,请同学早做准备"。但咱们班同学可照样轻松地吃喝玩乐、打工。而我是个超级纠结紧张的处女座,"早早"地在毕业前一个月找到工作。

6月底7月初,在我身边同年毕业的朋友里,我是最早投入职场的。七八月我忙得不可开交,而我的同学朋友们至少还有三分之二在晃悠。

多数朋友会用自己打工的钱去旅行,旅行完回到家继续吃喝,慢悠悠地投递简历。有人想不出自己想做什么工作,就选择去澳洲、新西兰、美国、加拿大或日本打工游学,或是继续在打工的地方做自己喜欢的工作——餐厅服务员、补习班老师皆有。

或许大陆朋友会觉得这些都不是有前景、有远见的事业，但很多台湾年轻人多半会选择自己"喜欢的"，而不是以"前景"为第一考量。

我身旁的朋友，普遍在九、十月后才陆续工作，而我们班当时就业的情况都还不错。至少就我所知，在那样差劲的景气下，没有人拿所谓的22K。大家普遍做着自己喜欢的工作，隔几个月存到钱，就去自助旅行。

至于我，对当时的生活虽然不太满意也没有怨言。我当时一个月是三万台币工资，以一个文科学生而言，是高不成低不就的工资，不特别差也不特别好。我从小就是这样，一直没什么突出点。

但，我一直羡慕别人，我觉得他们都比我潇洒。

我身旁的朋友许多不在乎工资多少，上班时间固定，做自己喜欢的事，存到钱就出国玩。我们并不认为进大公司有多么好、多么令人羡慕，相反的，很多同学还很同情在大型外企工作的人，因为他们忙到没时间和同学聚餐。

做自己喜欢做的事，让自己快乐，是我班上同学的普遍想法。他们不会着急找工作，合适自己最重要。

而我，始终是一个浮躁的人，急匆匆地找了一个工作，麻木地活着，不快乐也不痛苦。

然后就发现暗恋的人美滋滋地说有喜欢的女生，而那个女生自然不是我。

当天晚上,我随意浏览了网络,就正好浏览到北京某大学的网站。

"世界这么大,说不定去北京也不错?"突然冒出这莫名的想法。

然后,我着手开始准备。

至于为什么是大陆?

很简单,因为我害怕GRE和托福考试。

既然决定了,我就开始着手申请,然后发现还真是困难重重。

赴大陆读书在台湾不是主流,我是我们科系第一位申请大陆学校的学生,学校教授能给的建议非常有限。网络上的信息真真假假也不靠谱,所以最后我打电话去给代办公司。在代办公司小小的办公室里坐了一下午,得到的信息就是——哎呀,你想申请的学校是独立招生,我们没有办法帮你。不然你换间学校?复旦大学、济南大学都非常多台湾人申请的。

当时从网络上获取的信息实在有限,我像无头苍蝇一样准备了厚厚一叠自己背都背不完的资料。多亏了我四年努力不懈的成果,学习成绩算是良好,还有一些"看起来"很牛的作品集。我准备了大概快三公斤的资料,丢进盒子里,然后全寄到北京。

在2012年2月底3月初,我接到来自北京的电话,通知我去面试。

到北京之前,有一些大陆朋友告诉我,哎呀,现在北京可进步了,你去了就知道,那个建设多好多好呀,人们多有钱多有钱……

我明白许多大陆人对于城市进步的自豪感,但对我而言,我真心不觉得把楼盖得高、把马路拓宽就叫进步和建设好。一个城市是否进步先进取决于生活在城市里的人,公共运输对残疾人士是否便利、行人走在行人道上是否能不跌跤、排水系统是否顺畅、公共厕所是否整洁、物价与人们收入是否平衡,这些真的比高楼和商场更贴近人们的生活需要。

到达北京后,从机场到酒店的路上乘着机场快线,看着窗外飞奔而过的景色。

失望,这是我对北京的第一印象。

一片片一模一样的高楼,很多很多"很进步很繁华"的商场,我突然有点失望。我知道大陆正在迅速发展,我也明白首都建设的必要性。但我还是失望,我总觉得心里的北京没有了。这些建筑物放在任何一个城市都是一样,没有北京的感觉。

就是"首都",仅此而已。

我期望的是,在进步时还是能看到好多好多老胡同,以及浓厚北京口音的老人们。可以拿着糖葫芦，在胡同里转到迷路，坐在路边摊吃北京小吃。

所以，当我们到达住宿的民宿时，实在太喜欢那个环境了。位于安定门地铁附近，胡同和北京小吃林立，我和姐姐没事就在附近转胡同。我总觉得这里才是北京，王府井那一片商场不过就是富人血拼、穷人仰之弥高的首都。

我真心期望，北京除了是繁华进步的首都，更可以是保留浓厚文化的老北京城。只是，在这样迅猛的发展下，十年后或许已经没有老北京这三个字，只有"首都"。

这是进步的代价，和污浊的空气以及被牺牲的环境一样，或许是必要的，或许数十年后许多人也会后悔。

这就是经济发展进程中的无奈。

五天的北京行程在必要的观光景点中度过，对于北京，那时的我不喜欢也不讨厌。

我真正爱上北京，是2012年9月以后的事。2012年6月中，我确定成为研究生，也确定会在北京待至少两年。

2012年7月，蝉鸣唧唧，我告诉了身旁所有亲朋好友"我要去北京了"。由于台湾人对大陆风土民情的普遍不了解，我接收到许多关爱的问候。

台北女孩小补充：

　　为什么许多台湾优秀毕业生去当服务员？

　　因为台湾服务业薪水有时会比办公室白领高。

　　通常规定服务员薪水必须三万台币起跳，月休六天到八天，超时加班必须支付加班费。很多办公室的基层白领都没有这个待遇。

　　所以，优秀毕业生大材小用时有所闻，也是一个经常受到争议的议题。

　　台湾服务业平均素质高，当服务员也没什么不好。只是，看到许多优秀大学生去当服务员，有时还是挺感叹的——还是有点可惜啊！

7 台北女孩与"中国地理"

很多台湾人爱嘲笑美国人。

比方"哎哟,美国人?他们数学很烂吧?""哎哟,美国人?他们地理很烂吧?"

不过,我完全没资格这样做。因为我数学很烂,地理也很烂。

台湾人在初中后,就会开始学大陆地理。很多人喜欢问,台湾人对大陆的了解如何?本人就先从自己学习大陆地理的惨痛血泪史讲起。

台湾初中的地理课程分三阶段:台湾地理、中国地理、世界地理,照这个顺序授课。

看到这里有人一定会举手发问,中国地理教的"中国",包含台湾吗?

当然不包含,台湾地理是台湾地理,中国地理归"台澎金马"以外的所有大陆地区。

台湾地理我还行,但等初中二年级,教到中国地理时我就想撞墙。那一大片十三亿人口的地方,有多少矿产资源和省份名称,谁背得出来!

大陆朋友从小就被教导"台湾是不可分割的一部分",我相信多数大陆朋友对台湾是有点概念的。但在台湾的环境里,在我读国小时升初中以前,大陆只会偶尔出现在新闻上。

那时的我们连北京上海都不太认识,"反攻大陆"还是我爸妈成长的年代。到了我们这一代,大陆对我们而言是越来越陌生的地方。

正因为如此,到了初二,突然要背山西产煤、鞍山产铁,还要画出秦岭淮河线,三个字——想撞墙!

在我初中那个年代,我对大陆的认知是一片空白上若干问号,大陆人等于火星人属于不明白物种。突然拿出一张画着乱七八糟省市的地图,告诉你"我们今天开始要学习这些地方喔",而且还要考试!

我们地理老师是一位常去大陆旅游的大姐,还记得她告诉我们的第一个大陆知识是——"有一个老奶奶牌花生糖,又香浓又好吃,以后有同学去大陆可以尝尝。"

"大陆东西能吃吗?"我一个嘴超贱的同学还这样小声讲(大陆朋友真的对不起,童言无忌童言无忌!)。

第二个知识就是,"以前大陆是一片秋海棠,但外蒙古独立了,所以秋海棠变成老母鸡啰",这是我第一次知道,原来有"蒙古国"啊!

第三个知识则是,"东北有三宝,人参、貂皮、乌拉草!"后来被纠正,"没有乌拉草了,是人参、貂皮、鹿茸!"(不要问我乌拉草是什么,我不知道!)

我们当时学大陆地理的方式就是——"某某地产什么什么"的句型。比方说鞍山产铁、山西产煤……这两样是我现在唯一记得的!

至于山西是在哪?山西到底有什么特色?不知道!反正山西产煤就是了!

为了应付考试,我们还会去买复写纸,按在那一块老母鸡地图上,一笔一笔画,然后再填上那些我们根本不知道是什么的"河北、河南、安徽"……还有什么东北三省,吉林、辽宁、黑龙江……

最讨厌的是考试要画出秦岭淮河线、大兴安岭和小兴安岭,还有长白山脉……谁搞得清楚啊!

噢,还要分辨大陆哪里是南方、哪里是北方,分界线在哪……因此,就会出现很多很笨的对话,比方——

'河南是在南方吧?"

"嗯,因为有个南。"

"喔——所以河北在北方?"

顺便一提,我初二时一直认为哈尔滨是加拿大某个地名,直到初三时,朋友才告诉我那是在中国大陆。

总之,我读书时的大陆地理学得乱七八糟,因此到大陆后,还闹出一些笑话。

到北京读书后,同学来自五湖四海,我又爱问:"你从哪里来啊?"

"信阳。"

"喔……(语气弱下去,信阳是什么?)"

这样的情形发生数次,印象很深的是有一次同学说从重庆来。重庆!终于有我知道的地方了!我很兴奋地举手抢答。"重庆!我知道,是四川的!"

"重庆不是四川的,重庆是重庆的!"同学眼里冒火。

我来大陆的第一个收获,就是知道直辖市是北京、天津、重庆、上海。

这学期,我去了山西玩,回来后和一位同校读书的台湾朋友聊天,对方可是台湾优秀学校的学生。"山西好玩吗?"

"好玩啊!下次可以去喔!"

"喔——欸,那兵马俑怎么样?"

"……西安,我上学期去过,很不错!"

"上学期?你不是刚玩回来吗?"

……

老兄!"陕西"和"山西"是不一样的!!!

在大陆的故事

1 那些乱七八糟的叮咛

在我公布了即将赴大陆读书的信息后,去过的、没去过的、年轻的、中年的台湾朋友,纷纷通过自己的方式来表达关心。我自己也询问了一些在北京生活过的朋友关于衣食住行的问题,也得到了一些乱七八糟的叮咛。

所有菜鸟都会被老鸟威胁恐吓一番,我也不例外。

以下将这些"谆谆教诲"排出前五个,从最后一个说起。

由于台湾人对大陆的不了解,有些关爱问候……其实挺奇怪的。

第五名:过马路的诀窍!

我去北京的大学面试时,在北京待了五天,过马路时,永远是姐姐挡在我前头,替我"开道"。现在我自己要在那里生活了,关于过马路这档事还是有障碍。

因此，我询问了在北京生活数年的台商。

"去北京后，过马路会是一项有技术的专业技能！"在北京做生意的台商阿包告诉我。他曾告诉过我数次他的生意内容，我没有一次记得住，只知道他北京、天津两边跑。

"有些路口有红绿灯，我可以等绿灯，但有些地方没有红绿灯怎么办？"当时很菜很笨的我为这个十分苦恼。

"你要抓到过马路的诀窍！"阿包煞有介事地告诉我，"大陆过马路要奉行一个准则：人多就是力量！基本上只要凑满六个人就可以过了！"

凑满六个人就可以过了，我还真牢牢记住这一点。后来也有一些人告诉我看到别人过你就跟着过、直直往前走就不会有问题……但当时的我认为阿包的办法比较牢靠。

到北京一个人开始宿舍生活后，住的宿舍对面就是一条充满美味料理的食街，中间隔着一条车流汹涌、没有交通标识的中型马路。

而要去觅食的时间，常常是中午或傍晚，车流最汹涌的时刻。我会站在路口偷偷数人数，一二三四……哎，怎么四个人就过了？那我该跟着过？

一二三……哎，他们也过了？到底该不该凑六个人？

一二三四五六……好了，过！

刚来到北京的时候,我就是这样像个笨蛋一样每次过马路都纠结,纠结了三天。

三天后,我学会不管多少人,跟在别人后头就走。

一个月后,在北京任何地方,我都已经来去自如。

一年后,我写着这篇文章,突然明白阿包当时根本就在骗我!难怪看他当时笑容诡异!他姓包,在此我给他取了一个难听的化名叫阿包,以报复他当初骗了一个无知女孩。

后来我发现,其实在北京过马路不比在台北过马路危险。在台北,驾驶员看到绿灯就会一股脑往前冲。而北京因为常有行人从路边冒出来,驾驶员经过路口时反而会更加仔细。

当然,这是个人意见。

第四名:不要和大陆人争论!

不要和大陆人争论!一开始是在大陆工作的学长告诉我的,我当成笑话告诉台商朋友,没想到绝大多数人也表示同意。

为什么?

"因为他们口才太好了!"

"你没有发现在论坛上,台湾人很难吵赢大陆人?"

好像还真是!我回忆起在豆瓣和大陆朋友争辩的过程,真是一路输输输。

我到北京后,已经将这个建议抛诸脑后。某天打车时,我发现出租车师傅的跳表器很不对劲,一下跳两块一下又跳三块,十分钟不到的车程就花了二十元(当时北京的起跳价还是十元)。

"师傅,您的跳表器有问题!"我立刻跳起来,顾不得现在是半夜十二点,而自己是形单影只的姑娘家。

"哪儿有问题了?"

"哪没问题了?跳表跳得根本不对劲。"

"跳得不对?那你去问表啊!"

"表又不是人,我怎么问?当然是问你啊!"(这是原文对话,一字不差。)

"那我不知道,我只知道照表计费!我开了二十年车,还是第一次被人说有问题!就是二十元,你看着办!"

最后,我付了二十元,很挫败地下车,看着那辆黑车在我眼前咻地开走。

后来我问其他师傅,他们说哎呀,那是假的出租车,山寨版。

再有一次,我去动物园买衣服——屌丝如我买衣服不是淘宝就是批发市场——某次买了一件毛衣,事先没检查清楚,发现毛衣破了一个小洞,就立刻返回店家要求换一件,前后时间差距八分钟到十分钟。

"这是在我们这家买的?"

"您怎么可能不记得?我才刚买!"而且这家店的客人实在不怎么多。

"喔——那破洞在哪啊?我没看见啊!"

"这里!"

大婶:"喔,挺小的。"

我:"可以换吗?"

大婶:"姑娘,我们不给换的。你看,穿着不是也看不出来?"

我:"刚才付款时您还说有问题可以换!"

"姑娘,我在这里做了几十年生意啦,相信我,我们家衣服料子最实在,价格又棒。您看看这毛衣的料,来,摸摸,是不是又软又舒服……"立刻转移问题!

最后,我还是输了,在大婶热情地"下次再来啊"的招呼声中默默离开。

后来,和大陆朋友去了一次,碰到同样的问题。大陆朋友拿着新外套,来势汹汹地冲到店家:"坏了,换一件!这儿破了!"

店家立刻拿出新的,递给她,我在一旁恨得跺脚。

原来,是气势上的差距。

第三名:不要乱说话!

被我名列"台湾人对大陆之三大误解"之一的就是——人民自

由程度。

　　大陆的言论自由程度在台湾人眼中，大概跟朝鲜没差多少。最有趣的现象是，大陆朋友觉得朝鲜"人民都被洗脑，没自由，真可怜"，和台湾朋友看大陆的心理一模一样！

　　由于我爱乱说话又口无遮拦的笨蛋个性，还真有一些人告诉我别乱说话啊、不要被警察带走啊、不要得罪大陆人啊——他们被洗脑很爱国的……

　　因为我已经在豆瓣论坛混迹一段时间，个人认知是大陆虽然"不太开明，但没想象的那么不开明"。

　　但我还是小看了大陆人民。

　　我一直记得在北京开学后的第一堂讨论课，忘记是什么主题了，同学老师们炮火猛烈地在课堂上抨击时政，我坐在教室后方瞠目结舌。当时唯一的感想是——这些人怎么还没被请去喝茶？

　　直到现在，每次回台湾，聊到一些问题，我还是得不厌其烦告诉台湾朋友——人家没那么不开明、没那么恐怖好吗……是是是，可能和台湾还不一样，但不是朝鲜好吗！（囧）

第二名：不要乱吃东西！

　　这是非常多台湾人听到大陆，第一个会想到的事情。不要乱吃东西！这句话从我宣布到北京开始，就如影随形地出现，几乎是

『歧视性买卖』

哇！超可爱的贵州娃娃！
四个二十！卖给我吧！
打特价啦！三个只要二十！
帅气掉头走人！
居然没有留我……
看来是没办法了
好吧……成交！
这娃娃做得真好看，多少钱呀？
三个二十。
有点贵，就四个二十吧。
哎呀就让我拿四个吧，你开心我开心大家开心，对吧？
强行塞钱！
不行啊！
唉，好吧……
完全是流氓式杀价法！然后……成功了。

我关于大陆地理的有限认识

以前一直对大陆有很多地理认知。

"东北有三宝,人参貂皮乌拉草!"跟我念一遍!

后来被纠正,"没有乌拉草了,是人参貂皮鹿茸!"不要问我乌拉草是什么,我从来不知道……

我们当时学大陆地理的方式就是——"某某地产什么什么"的句型。比方说鞍山产铁、山西产煤……

这两样是我现在唯一记得的……

害羞了啊……

所有朋友都讲过。

我一直觉得那些地沟油、把矿泉水换成生水、老鼠肉变成羊肉的传闻都像是传说一样。总好像是在网络上有看到过的消息,然后一个传一个、一个传一个……

新闻上的确有许多关于大陆食品卫生的负面消息,所以在很多很多台湾人心中,"大陆"等于"黑心食品"。因此我的台湾朋友老用同情的眼神看着我,想着:唉,这孩子要去吃黑心食品了……

哪这么严重啊!

我觉得很多台湾朋友自己都忘记了,在我们小时候,淡水河很脏、路上有人吐槟榔渣、甚至有外国人说台湾的食品很脏,让旅客别碰……那时的台湾也是这样啊!台湾现在的确改善很多,但还是出了"塑化剂"危机,何况是这么庞大的大陆呢?

再给大陆一些时间,很多事情会更好!这是我常告诉台湾朋友的话。

我到北京后,由于个人的粗神经,很快就把爸妈、朋友"不要乱吃东西"的交代抛到脑后。

我最爱吃学校外头新疆婆婆烤的羊肉串,配上啤酒,或是自己去小店干掉一大盆牛蛙,满嘴留香。

后来,不只是台湾朋友,连大陆朋友都劝我"羊肉串是老鼠肉、牛蛙很脏,别乱吃",我还是没怎么放在心上。

直到来北京三四个月后,某天晚上,莫名其妙地肚子绞痛。

台湾人在大陆就医可是没保险的,我又是急诊,花了一大笔让我现在想起还心痛的钱。这招真有效,从此以后,我收敛许多。

后来我不吃羊肉串了,改吃鸡翅。

然后我大陆朋友又有意见——那些鸡有二十种抗生素啊,你以为鸡肉就安全吗……

唉!

或许比食品安全更让人忧心的,是人民的信任感。

第一名:带个富二代回来!

十个女生朋友里,有八个这样交代我——到北京后,带一个富二代回来。

或许是大S和汪小菲结婚的效应,也或许是台湾新闻常播出的大陆富豪形象,造成我身旁的女生朋友认为在大陆,十个有八个是富二代,找一个有钱人和钓一条鱼一样容易。

"你到北京后,会碰到很多富二代吧?"

"记得多认识几个富二代,自己留一个用,然后介绍他的朋友给我!"

想得美!

直到现在,每次寒暑假回台湾和女生朋友约会,一定还是会被问到——富二代呢？有没有交富二代男朋友？

我总是不好意思告诉她们，其实穷二代比较多……

有些大陆朋友老喜欢问我，台湾人是不是觉得大陆人很穷？看不起大陆？这种问题常会让我哭笑不得。

至少在我身边，许多年轻台湾女孩已经不觉得大陆人穷，相反的，还以为大陆遍地都是富二代！

台北女孩小补充：

这一篇是好久之前写的，后来台湾发生了不少食品安全事件，比如"潲水油"事件。

所以，我相信不少大陆朋友看到这里心里都冷笑：什么不要乱吃东西？你们的食品有多安全！

当类似食品安全问题出现漏洞，就是两岸网民打笔战的时候。对此我也无话可说。毕竟本人刚到大陆时也爱拿大陆的地沟油开玩笑，看看看，这就是因果报应！

因此我只能对大陆朋友温情喊话——同吃地沟油，相煎何太急呢？

2 台湾学生，能拼得过大陆学生吗？

早在初中时，我们就知道"大学"别名叫"由你玩四年"。

填鸭式教育在高三后全面结束，台湾的大学生活普遍很多彩多姿，相信看过"大学生了没"的朋友多少都有体悟。大一开学大家就会抽"学伴"，也就是一起学习的伴侣。通常当然是男生女生一对——当然"学习"经常变味。

我大学就读的辅仁大学是台湾公认出美女最多的学校（写到这里真开心），还出了许多知名艺人，蔡依林、吴奇隆、五月天、玛莎都是我们的校友，这点母校学生可得意了。

我们学校女孩的特色就是高跟鞋、化妆、短裤短裙，每年主办全台湾最热闹的圣诞舞会（我们自认），校庆时还请过五月天到场表演。

在我们班，会读书一点也不让人称赞，会玩的才让人佩服。台湾大学生必做的三件事：夜游、夜唱、夜烤！那些住宿舍的同学可疯狂了,半夜骑着机车冲上山看夜景、烤肉,隔天带着大大的黑眼圈来上课,下课后还可以去打工。

因此,台湾学生来到大陆的大学,第一个会适应不良的叫"限电"。在台湾,如果学校在晚上十二点断电,只怕学生会暴动。在北京,硕士生晚上十二点准时断电,让夜晚才有动力的台湾朋友直呼"太健康了,不适应!"

另外,还有一句话,我相信多数台湾学生来大陆读书之前一定都听过——台湾学生,能拼得过大陆学生吗?

"他们六点起床,六点半排在图书馆门口,七点进入图书馆,一直到晚上九点才离开。他们认真打拼,有战斗力,有丰富的知识及国际观,充满必须成功的野心。"

以上,是许多台湾媒体对于大陆大学生的报道。自从2008年两岸开放后,自从陆生来台普及后,台湾的媒体报道频繁出现对于大陆学生的信息,以及陆生与台湾学生的比较。

媒体眼中"台生与陆生的比较表",结果常常是大陆学生一面倒地胜胜胜。许多台湾专家学者及大学教授都表示,大陆大学生认真勤奋、好学不倦、毅力坚韧、每天早上六点起床看书,多么多么勤奋刻苦啊……不像台湾大学生光忙着谈恋爱和打工!

"大陆同学会早早到课堂上,占据前几排的好位置。哪像你们,最好的位置是最后一排,每次上课十分钟后才拎着早餐进教室!"这是我大学教授总爱教训我们的。

因此,到北京的大学读研这一点让我最为紧张。因为有太多太多关于大陆学生是如何拼命的报道,让许多台湾人认为"大陆学生＝读书狂人"。

因此,我妈很紧张,一再叮咛我:"如果拼不过大陆学生就回台湾,不用觉得丢脸,毕竟读书靠天分的。"

我朋友也告诉我:"如果拼不过大陆学生就回台湾,不用觉得丢脸,毕竟读书真的是靠天分的。"

连社群网站上和我不熟的朋友都传私信给我:"如果拼不过大陆学生就回台湾吧,挂科也没什么的。"

直到最后,我暴怒:"我都还没去,你们就笃定我会念最后一名和挂科了?"

"不然呢?你拼得过大陆学生吗?"

当时的我无言以对。因为在那时,我的确没有把握自己可以每天早上六点起床看书、七点挤进图书馆。

因此,去北京前,我除了吃饭就忙着睡觉,能睡就睡,睡到天荒地老!因为我深信未来两年,都必须早上六点起床!图书馆还没开时,就必须抱着书本、冒着寒风到湖畔看书!

这样的忐忑,直到开学后才结束。因为我们宿舍的气氛和谐欢乐，常常集体睡到快中午，起床正好去食堂吃中饭。

没课时，大陆同学会拉着我去唱歌、喝酒、吃烧烤。开学后一个月，我脑海里"每天只会读书，不谈恋爱不会玩乐"的勤奋大陆学生印象渐渐瓦解。

我读的学校一直被认为是"书呆子"超级多的学校，怎么会跟我一起睡到十点、一起在外头闲晃一起喝酒吃肉！

后来我才知道，的确有那样以读书为己任的学生，只是占的比例没有我们想象中多，这一类少数分子别称"学霸"。

自从我到北京读书后，许多大学时期认识的朋友都会抛来佩服的眼神，心想："这孩子真是辛苦了，得跟一堆超爱念书的人在一起。"

直到现在，这还是我常被问到的问题——"大陆学生是不是特别拼？是不是每天都很早起床看书？"

不，跟台湾一样，每间学校每人情况都不同。

的确，大陆学生普遍比较认真，但他们一样也很会玩喔。

他们跟台湾学生一样，也很在乎恋爱，他们的生活也是很欢乐的。

我回答数次这样的问题，我的朋友总是"喔——"然后一脸不可置信的表情。下一句话就是——"他们也会去夜店？也会去夜唱？"

唉，刻板印象。

最后，讲一下在我眼中，台湾学生及大陆学生给我的不同感觉。

这是个人经验，以下心得只是"本人认识的台湾学生及大陆学生"，不代表全体。

台湾学生平日感觉不关心外界，很多大人总爱说台湾学生活在自己的世界。

但，近几年常常可以看见台湾学生针对社会问题发起的抗争活动。台湾学生不会针砭时弊，但不代表他们不会行动。

台湾学生漫不经心，但会去争取。只要感觉到自己的权益被侵犯，哪怕对方是教授、官员也会站出来。

台湾学生会去餐厅端盘子，去coco摇奶茶。可能有人会说这是没前途的打工，但也因此许多台湾学生对服务员有礼貌，也比较尊重不同行业的人。

台湾学生超爱吃喝玩乐，在社交网站上只会看见他"我去吃了什么什么"或"我去哪里哪里玩"。

台湾学生较会以"我喜欢做什么"而出发，而不是公司大不大或工作有没有前途。

台湾学生把恋爱和工作看得比学业高，也很爱迟到（认真一点吧，大家！）。

我认识的大陆学生呢……我感觉比较复杂。

一开始，我觉得他们很单纯。

我同学多数没有做过服务业（端盘子那种），感觉没有台湾学生世故、会讲话。

大陆学生口才很好，对书上的知识懂很多。对于社会也很关注，常可以看见很"知识性"的微博。

大陆学生在我眼里就是乖宝宝，对于教授和领导非常尊重。

有时觉得大陆学生很保守，因为本人热爱超短裙和一堆乱七八糟的衣服，但在校园里很难找到同伴。

但有时又觉得他们很开放，每天晚上宿舍楼下都会有情侣亲得难分难舍（来人呀，把他们分开！）。

大陆学生很有自己的理想，但对于社会环境非常无奈。

大陆学生很有自己的梦想，但迫于社会和父母的压力。

到了大四或研二，准备找工作时，大陆学生突然好成熟。

想得比台湾学生多，甚至毕业后买房、买车都想了，在我看来不可思议（台湾朋友的生活态度是：嗯，再过两个月有钱了，请个假去日本看樱花！）。

虽然都是中华民族，不只是政治环境，整个社会环境、人民价值观都截然不同。

个人认为大陆学生吃的苦，比台湾学生多上好多。

3 灰机与"儿"

大陆朋友对台湾腔有什么认知呢？

第一是嗲，第二是温柔，第三就是不标准。比方"你造①吗？昨天我女朋友跟我分手，怎么酱②啊——"

还记得我到准备就读的大学面试时，学校老师笑眯眯地问我："台湾同胞啊，你们说飞机是不是都会说成'灰机'？"

我脑袋当机了好几秒。台湾人并不是灰飞不分啊！身为台湾北部人，我们的普通话是很标准的！

就跟大陆各省不同一样，台湾北中南的口音也有差异。在南部基本上以台语为主，许多南部人会有很可爱的腔调，也就是许多大陆人认知的"很台很台的台湾腔"。北部则以普通话为主，普通

---

① 造：知道。
② 酱：这样。

话比较标准,许多北部人(特别是台北人)是不会讲闽南语的。

不过,千万不要听信网络谣言,认为台湾人都像陈阿扁先生一样爱说"偶""灰常""老丝好"……这样的"台湾国语"在台湾是会被笑的!

到北京后,一开始最不习惯的,就是字正腔圆的卷舌音。多数台湾人不太喜欢卷舌,老是卷舌的话,舌头根本忙不过来嘛!而且太过字正腔圆就一定会被问:"你是外省人吗?你是大陆人吗?你讲话好标准喔!"

我的普通话在台湾算是外省人等级,到大陆后也常被称赞:"哇,你普通话讲得真好!"很多大陆朋友竟然以为台湾人只说闽南语,大错特错!再强调一次,本人可是闽南人,我还是不会闽南语啊!

不过,台湾人对"大陆腔"又有什么认知呢?

很简单,就是"儿"来"儿"去!

大陆各省口音都不同,每个地方都有自己的家乡话。

很抱歉,这样简单的道理我直到2009年,去贵州后才明白。

在我小时候,分辨台湾人和大陆人的方法就是听那个人有没有"儿"音。因为那些外省老伯伯讲话,动不动就卷起舌儿,因此我直接分析出"儿=大陆腔"这个理论。

如同我的大陆朋友会学我的台湾腔一样，2008年，开放陆客来台时，偶尔看见那些成群的陆客，我和朋友也会学大陆腔，还很自得其乐。"喂，你去哪儿？""让让！让让！我要去找服务员儿！"

当时的我们还真认为大陆口音就是句尾都加一个"儿"，我们根本不知道河南人讲普通话和北京人讲普通话是不一样的，以为所有大陆人都是一口北京腔。

后来我去了贵州，听着当地人讲话，当时唯一的困惑就是——这些人怎么不说"儿"呢？

不久，越来越多大陆学生赴台交换，我也和几位交换学生见了面。不知道是不是因为在台湾的关系，总觉得那几位陆生台湾腔好重，根本就不是想象中的大陆腔！因此当年的我还缠着几个大陆交换生："来，发发看儿音！你们为什么不卷舌儿？"

真是够讨厌！

很多台湾人问我，嘿，到北京读书挺不错吧？就不会有语言问题吧？

大错特错，还是有！每次宿舍里同学讲着各自的家乡话，我根本一句话都听不懂。我特别喜欢某些地方的家乡话，因为他们会自称"俺"！

俺觉得这样说真霸气！

就算大家都说普通话,还是会有听不懂的时候。我们系上有一位教授,在学校教课数十年,普通话发音还是很烂,比不标准的台湾腔(比如"灰机")还烂!

他有很浓很浓的湖南腔(对不起,无意得罪湖南朋友),每次上课我十句话有八句听不懂,全仰靠其他聪明的大陆同学翻译。偏偏那堂课还是必修课,真是痛苦!

某次上课,我听到他不断讲"处女、处女",听得我眼角一跳一抽。看看四周同学,大家表情都很正常,难不成只有我觉得奇怪?

到底"网络"和"处女"有啥关系?为此我困惑了整堂课,但总是不好意思问。

最后我才知道,他说的是"数据"。

到北京读书后,寒暑假会回台湾,我发现台湾朋友对于"大陆腔"的认识和当年的我一样!根本不知道每个省之间差距很大,以为大陆人就是一口标准的北京腔。

因此,他们会缠着我问:"你到大陆后应该会大陆腔了吧?"

"对啊,你怎么不卷舌?"

"来,发发看儿音!你为什么不卷舌儿?"

果真是因果报应!

当时我真想大吼——不是所有大陆人都会"儿"!!!

4 那些台湾人会做的蠢事

刚到北京时,身旁的台湾同学多数是从小在大陆长大的,他们如鱼得水。而我是菜到不行的小菜鸟,还真做出不少蠢事。后来和其他"菜台湾人"聊天时,发现大家会做的蠢事都挺像的。以下讲讲最常见的四个案例:

案例一:第一天到学校,看到开水房外的热水瓶时……
到北京后第二天去学校报到,报到完后走着走着,看到一旁放了好多好多大水瓶。那时本人真的不知道是什么,和爸妈站在一旁研究。

"装茶的?"嗜茶如命的我爸说。

"白痴啊,谁会拿这么大的水瓶装茶?这是提回去洗澡的。"自以为很聪明的我妈说。

"为什么要提水？难不成我每天要提水洗澡？"我大惊,学姐只交代过宿舍淋浴间没隔间,没说过要自己提水!

"有可能喔,哈哈你完了!"我妈幸灾乐祸。

后来,听不下去的热水瓶小贩从旁边蹿出来:"这是打热水用的啦!可以泡脚可以喝水的,新生都要买一个。你们要不要买?"

到宿舍我问了人才知道,原来宿舍没有饮水机(除非自己装),因此需要热水瓶打水,冬天还可以泡脚喔。

不过,我的热水瓶从来没用。到现在我爸还是会交代:那个热水瓶别扔了啊,带回台湾给我装茶……

案例二:刚开始见到公交车时……

在台湾,你必须对公交车招手,不然如果该站正好没有乘客下车,你会见到公交车在你眼前飞驰而过,这点跟大陆公交车每站都停是不一样的。

来到北京后,刚开始见到公交车,习惯使然,我会很努力地对它招手。随后惊觉不对,缓缓放下手,假装自己在梳头……这动作我大概做过三次。

某次上车,司机开口就说:"不用对我招手啦!我看得见你!"这招真有效,从此以后,这蠢事我就没再做了。

后来,我听到上海的台商朋友说,他们这些老鸟只要看到有人对公交车招手,就会在心底暗自鄙视:"看看那个菜鸟!"这种取笑同胞的心态真不健康。

直到某次,我在鼓楼大街看到一位姑娘,举起手臂对着缓缓靠近的公交车大力招手,挥舞得多有自信啊!丝毫没注意到身旁的路人都在看她!

当下,我笑了,看看那个台湾菜鸟!

案例三:"你们中国人"怎样怎样……

你们中国人怎样怎样、我们台湾人怎样怎样……

中国就是怎样怎样,我们台湾哪样哪样……

很老实也很抱歉地承认,这句话是大陆人最讨厌,但很多台湾人特别喜欢讲的话!我周围的"菜台湾人",五个有四个都说过这句话(包括我)。

因为文化差距,也因为我们自以为是的比较心态,我们不是不善良,当时只是还没学会融入和尊重。

来了不到一个月,我就学会把"中国"改成"大陆",中国人改成大陆人。

来了三个月后,我渐渐把"我们台湾怎样怎样"戒掉,至少尽量不让大陆朋友听到。

一年多后的现在,我学会用另外一种角度来看大陆。不只是我，我身旁的台湾朋友也渐渐学会不去抱怨——应该说，不在大陆朋友面前抱怨。

客人到主人家里，一个劲儿地在主人面前挑剔主人的家怎样怎样不好，不是很不尊重吗？这样简单的道理，我刚来大陆时竟然不明白。

我只会和朋友抱怨地铁人推人、抱怨交通乱七八糟、抱怨出租车师傅多么恶劣，我没想过自己的抱怨心态实在不礼貌也很幼稚。

不过，要说我们不会抱怨也不可能，毕竟观念差异甚大。因此根据个人经验，每当台湾人聚在一起时，还是常常——中国人怎样怎样、中国怎样怎样……

唉，只能说，习惯观念都无法轻易改变，两岸皆然。

案列四：澡堂、澡堂！

台湾人到北京读书后，印象最深刻的普遍都是——澡堂！

在入学前，为了让台湾学生提早适应，学校很贴心地在台北办了一场说明会。说明会就是台湾的师兄、师姐对这些新入学的师弟、师妹们提出一些生活建议及在北京可能会碰到的问题。

澡堂，是最多师兄师姐们提到的。他们说，到北京后，澡堂是个绝对特别的体验。

后来我踏进宿舍后，简直想痛哭流涕感谢上帝——我的房间对面就是淋浴间,不用像其他倒霉鬼一样跑澡堂。

记得刚开学,一个要好的台湾女生朋友第一次进公共澡堂就吓得不轻,在社群网站上哭诉:"为什么有这么多裸女!"接下来一个礼拜都去留学生宿舍借浴室,久久才过了这一关。

不是台湾人难伺候或做作,真的、真的非常多台湾女生觉得这一关不好过。我身旁的年轻女生很多都不敢泡裸汤,更别说站在那洗澡!

虽然我们宿舍楼里的淋浴间也没有门,大家坦坦荡荡,澡堂这一关我倒是轻松过了。第一天洗澡,很倒霉地四周都有人。我很紧张地收小腹、背挺直,让自己看起来身材好一点!累个半死后发现……谁会看你啊!

倒是我像个变态,还特意戴上隐形眼镜四处看,结果发现四周女生都大剌剌地丝毫不扭捏,还有人大声唱歌!不得不说大陆女生好大气啊!

第一天洗完澡后,我就适应了。

直到现在,我的台湾朋友对我在北京的求学生活兴致缺缺,唯一兴奋的就是听到有关"没有门的澡堂"之相关内容。每个朋友都会语气敬佩,一直重复说"好厉害喔,都裸体耶""要是我才不敢洗!好害羞呀""有澡堂耶!真强啊!"……

真是没见识的一群人!

台北女孩小补充:

　　毕业后,澡堂成了我很美好的回忆。在人人都西装笔挺的办公室,真的怀念大家互相搓背、递澡卡的时光。

　　当初烦死,现在怀念。

　　后来听一个同在上海工作的台湾朋友说,她永远无法想象,那样的宿舍条件多差、多恐怖……我不屑地冷哼,没体验过的人,才不懂学校澡堂的乐趣!

　　两年多后的我,已经不会"你们中国怎样"了,总是下意识地改成大陆。

　　这样,可以说是从笨菜鸟迈入初阶老鸟了吧?

5 台湾男人与大陆男人

我们小时候常听到大陆新娘嫁到台湾的故事。那时中国大陆还没有在我们的眼中,我们知道许多台湾商人到大陆都会包养"大陆妹",让台湾原配气得牙痒痒的。因此,只要老公要去大陆,老婆多半会闹着要跟去。

不过,关于大陆男人的印象可就不一样了。第一次听到有关大陆男人的事情,是在初中时,我们地理老师很偶然地提到"上海男人"。老师说上海男人非常好的,煮饭、洗衣、买菜一手包办,因为上海女人实在太厉害,因此嫁就要嫁像上海男人一样的。

男人煮饭做家事,女人当老佛爷,真好!从那时起,我就暗下决心,我要找个像上海男人一样的男朋友!

应该是在大二或是大三的时候,我更坚定这个志向了,那时我和家人很迷一部大陆剧《蜗居》。戏里面小贝对海藻、苏淳对海萍还真叫一个温柔体贴，看看苏淳还煮饭呢！海萍一说话，苏淳就乖乖闭嘴，真是新好男人典范！哪像台湾剧里面总是女人做牛做马，男人跷着二郎腿看电视！

后来我成为豆瓣的忠实用户，很惊吓地发现豆瓣上的"征友帖"里男方都会列出自己的详细家底：有没有北京户口、有没有车与房，甚至连月收入都写！台湾网站上的"征友帖"很少会有这种事，顶多写写自己的星座、血型、兴趣、职业，仅此而已。

后来我问了几个豆瓣朋友，都说，没法子，很多女孩在意呀。在大陆，若男人真心想找个好对象结婚，车与房常常是必须的。虽然也有裸婚，但父母会不看好。

因为男多女少，因为传统压力，许多大陆人到二十五岁后就急着结婚，因此大陆男人会急着买房、买车、讨老婆。但在台湾，男女人口是均等的，加上晚婚是常态，台湾年轻男人自然比较少有这种压力。

到北京读书后，接触到的大陆男孩子南方北方都有（北方偏多），但和台湾男孩子都有很明显的区别。

当然，这篇是个人经验及个人意见，青菜萝卜各有所爱，没有哪方比较优秀。

根据豆瓣及我的亲身经验，许多大陆女孩对台湾男人的印象——娘。

　　这是我问十个大陆女孩,有八个会说的形容词。剩下的两个会捏起鼻子,细声细气地说:"你想怎样?"

　　一开始我不认同。一来台湾腔本来就比较柔,台湾男人讲话普遍又温文尔雅。二来台湾男人的确比较注重打扮,尤其是二十几岁的年轻男人。

　　我读高中的时候,班上的男同学都会在桌上放个小镜子,时不时地梳梳已经很有型的头发。下了课就拿着头发造型液直奔厕所,在大镜子前整理头发,比女生还注重形象!

　　到了大学后、就业后,爱美的心可丝毫没变。拍保湿液、敷面膜、擦防晒BB霜,我身旁的台湾男朋友可注重保养了。这在我们台湾女生看起来属正常现象,在台北,偶像剧中的花美男的确不少。

　　然而这种动作在大陆人看来,就是娘、娘、娘!

　　一开始我来北京,同样看这里的男人不顺眼,心想:"大陆男人怎么这么不懂打扮自己?"讲话还粗声粗气的,像地痞流氓。

　　但不知不觉,半年过了、一年过了,我已经习惯了大陆北方男人的"爷们",甚至还觉得"瞧瞧,这才是真男人!"

　　来大陆一年后,暑假回台湾,看见几个台湾大学生在打闹,男孩子依旧有着帅气的发型和衣着。我听见其中一个帅气的男孩子笑着打了同伴一下,"哎哟,你想怎样啦?"

好、娘、啊!

当下,我发现我已经变成不折不扣的北方姑娘。

到北京读书的三个月后,我一个台湾同学跟原先的台湾男友分手,和一个深圳人在一起。

后来,我认识的一个姐姐跟北京大哥结婚。再后来,我的一个台湾朋友也和一个东北男人论及婚嫁。

这样台湾女孩配大陆男孩的比例虽然还不高,但似乎愈来愈多。

我问了身旁交大陆男友的台湾女孩,她们都对大陆男人的表现给了挺高的分数。

嫁给北京男孩的台湾姐姐告诉我,"大陆男生愿意在房产证上加上你的名字,车子、房子都准备好,钱甚至愿意给你管。"

"大陆男生对钱真的不会计较。以前男朋友老是跟我AA,但大陆男生如果你跟他交往,他会比较愿意在你身上花点钱。"

"对啊,大陆男生虽然没有台湾男生重视外表,但比较愿意花心思在女生身上。"

真的如此吗?

依照个人的一点点经验……是的!来大陆后,我也常觉得受宠若惊。

如要我比较台湾男人和大陆男人的最大差别，我的第一个想法一定是金钱物质上的区别。这是我来大陆后感受到最大的差异。

一开始到大陆时，男生请我吃饭、看电影，看见我掏钱都会很坚定地推回来。"你干吗呀？不用！"我朋友说我是学生，他是上班族，而且我是女生，我出钱他会觉得比较没面子。

后来我过意不去，请他看了一场电影，他立刻买了比电影票贵的冰淇淋给我。去商场逛街，看见一个喜欢的小饰品，男生朋友说"喜欢就买啊"，然后咚咚咚地走去付账了，被我及时阻止……是的那没多少钱，但我们还不是男女朋友呀！跟男生同学出去，我吃得较少，他们也不会跟我算钱。

至于台湾呢？

依照个人微薄的经验，台湾的风气偏向AA制，我大学时期交过两任上班族男友，由于年纪相差不大，出去约会都是AA制。放眼我身旁的上班族朋友，也都是如此。除非年纪相差较大，不然AA制绝对占多数。

有时我真挺佩服一些约会过的台湾男朋友，我都还没拿出计算机，他们就可以噔地告诉我AA后的金额，一分钱不差。

在物质上，我接触的台湾男人的确不如大陆朋友慷慨，但礼貌、温柔、细心,修养得体,也比较了解女孩子的想法。他们体贴细致,我一个台湾朋友每次下楼梯都会转身扶女孩子,绅士极了。

跟台湾男孩相比,我接触的大陆男人则比较直爽豪迈、大大咧咧、大方不计较,对于细节也比较不注重。

文化风气不同,各有所爱。

最后,台湾男人吵架时,和大陆男人有什么不同?

很简单。

大陆男人的情况是:

"你傻×呀!"

"你才傻×!"

"你才傻×,你他妈全家都傻×!"

台湾男人的情况是:

"你想怎样啊?"

"你又想怎样?"

"啊你到底想怎样嘛?"

……

以上,百分之百真实案例!

6 那些甜蜜蜜的台湾女孩儿

上篇提到台湾男孩,这篇就提提台湾女孩吧。

不少大陆男孩对台湾女孩有错误想象,比方"台湾女生比较开放""台湾女孩战斗力弱""台湾大男子主义横行,女孩子有传统美德"等幻觉,还兴冲冲地准备订机票投奔"国军"……呃不,是投奔台湾女孩甜蜜蜜的怀抱。

台湾女孩的人数超过男孩,在允许做性别鉴定,又有中华民族重男轻女的传统美德的情形下,可以达到如此成就,值得我们拍拍手。本人也非常想两手一摊,欢迎更多汪小菲到台湾解救败犬女王,但为了避免最后有人发现"一切都是仅供参考,实物和描述不符",跑来找台北女孩要求退货退运费……还是先把话讲清楚。

话说自从我踏入豆瓣的世界,就发现台妹就像是一枚标签,只要你贴上这标签,会有很多人对你有"嗲甜温柔、传统开放兼具"的错觉，也会有很多人说"又装又做作，贱人真矫情"。针对后者的批评——这三种特质我都具备，谢谢，所以只能弱弱地反击一下：除了本人以外，其他台湾女孩可不是这样……

这篇讲讲当了二十年的"台妹"心得，也讲讲我眼中的那些甜蜜蜜、白泡泡的台湾女孩。正在看"去哪儿网"准备订机票的男孩们先打住，听我废话几句。

我很幸运地成长在女权蓬勃的时代。我还记得小时候就听我妈说，"外省人比较疼老婆""大概在曾祖母那一代吧，还是男人先上饭桌，吃完后女人再吃"。

那当然是古时候的事，小时候我觉得当女孩子挺幸运的，穿裙子总比穿裤子凉快嘛！在国小时，我们班的漂亮女生都会穿安全裤，就是在裙子里又套一件运动短裤。越漂亮的人就越bitch绝对是真理，本班班花穿安全裤、被男生掀裙子时就又叫又怒但嘴角抽动掩不住高兴——老娘美所以你们爱看嘛！但看得着吗？哼哼。

我不是班花不是美女，当然不穿安全裤，跟男生打成一片时被看到"啊，白色的"也毫无羞耻心，一边挖鼻子一边被掀裙子，十足不要脸。但我妈在学校工作，看见女儿如此不检点气死了，从此以后被迫套上安全裤。

到了国中后，大家迎来了青春期，青春期在台湾就是个男生装女生装笨的时候,本班那时还有一位女魔头,据说和学校附近的小流氓特别好,还是干哥和干妹。跳题一下,台湾有一个潜规则,要把妹成功就必须先认她做妹妹,然后来个兄妹恋,简直莫名其妙!我从中学到大学到出社会到现在都听过无数"我的女友是干妹"的故事。

反正,当这对兄妹在一起时,女魔头变成"宝宝",流氓变成"小熊熊"。

直到数年后的今天,我的大陆朋友到台北西门町,听到一对对年轻男女在"宝宝""鼻鼻""小猪猪"都快昏倒,我只能说台湾啥都停滞在十年前啊!

到了高中,我才真正体会到女人有多恐怖。本校也算是不差的公立高中,那时正逢解除发禁解除任何规定的时候,人人都在歌颂解放真正好。每个女孩书包里都要放一本日本杂志,里头的女孩眼睛大得像外星人。

要知道台湾什么都爱学日本,日本女孩的裙子都短得很,所以本校那时的风气就是女生去裁裙子!只要是文组的学生,裙子全剪了,没跟风的理组女生真是一股清流。

我高二高三时,女生的标准打扮是:可爱的大卷发、白衬衫、短裙、黑色及膝袜,用做学术的精神研究日系杂志。再说一次,台湾停滞了数年,到今天,台湾高中女孩除了妆发花俏一点,还是那副标准打扮。

当时本班的模范生是个气质美女,她讲话轻声细语、对任何人都笑语盈盈,就算你拿张上头有菜汁的考卷给她,她也会用双手接过,点头微笑,轻轻一声:谢谢你噢!

她完全是我心中的模范女神。当时本班打扮娇俏可爱的女生不少,但我对女孩总很恐惧。她们在男孩子面前声音会高十度,智商降十分,"鼻鼻——我要这个娃娃——人家要嘛——好不好嘛——嗯嗯——买嘛——"

如果你觉得我写得很像爱情动作片台词,一定要原谅我,那真的就是我印象中高中女孩谈恋爱的样子啊!但通常男生都会很买账,只能说达尔文是对的,物竞天择,会撒娇的女人比只会"看"人撒娇的女人(←本人就是)受欢迎许多。

但同时,她们不是只会撒娇。我有一位"撒娇天后"的同学,她为了等男友晚自习下课,在外头风吹雨打当一株野草,等了一个多小时。还有一位行为粗鲁的男人婆,为了男朋友一句"喜欢薰衣草饼干"(→偶像剧看多了吧)就真的花了一整晚烤饼干。

在我的印象中,我的高中女同学们和日剧中的角色一样。爱漂亮,爱所有女孩子喜欢的小玩意,男朋友更是她们的全世界。考试要一起,晚自习要一起,大学填志愿要一起,只差没一起手牵手上厕所。

另一方面,她们爱组小团体、爱一起排挤谁、爱装作姊妹情深,连吃坏肚子上厕所都要拉闺蜜一起去。和男友在一起时,她们十足小女人,窝在男人怀里有男友万事足。没有了男友,本性暴露,有大姊头有女王有小喽啰,这种双面动物让我怕死了。

因为我的高中同学们像包着糖衣的蟑螂药,让我对女人堆从此产生恐惧,更庆幸自己不是男人,不用去爱上这种奇怪生物。

忘记何时开始台湾女权高涨、各种同性恋群体蓬勃发展,两性作家频繁冒出头。同工不同酬、性别限制等都被视为歧视,每个男人都害怕被视为"大男人的沙猪"。同性恋群体争取权益,男性、女性、第三性都讲求平等。

平等了没有我不知道,只是在公众场合,大家都学会把实话放心中。

到了大学,我看到很多不一样的女孩。

虽然我读的是天主教大学,但本校的女同志大概和本校的神父、修女一样多。

还记得那时系上一位非常受女孩子欢迎的学姊,长得又帅又可爱。在我们学校常可以看见漂亮娇嗲的女孩身旁牵着一位帅气十足的女汉子,偶尔还可以看到几位"第三性女孩",毫不顾忌别人眼光地大声谈笑,也确实没什么人会多看一眼。

不知道是我从前的经验太保守,还是我上大学后台湾的多元文化才真正开始,我们学校有各式各样的妹子。某一位中文系的学姊戴着眼镜看起来十足气质,每次我叫她"学姊",她会含笑点头,某天我才被中文系同学纠正——亲,人家是学长,还有女朋友。

除去这些少数色彩外,那时本校多数女孩外表上倒是有几个共同特色,和今天你在台北街头看到的软妹子差不多:

第一,要染发。在台北,金色头发的妹子比黑色头发多。

第二,黑色头发的有四分之三要离子烫,拉得像面条一样直直长长。

第三,要化妆,不然就要戴黑框眼镜,可以两者皆有,但两者皆无就不称职了。

第四,夏天穿短裙裤,冬天穿短裤,上衣不可以很短,但裤子裙子可以短短短。

从小被灌输"会念书才是赢",不修边幅得像可以上阵杀敌的我,在大学时期被迫大转变。那时的林志玲大红,学校里又以女生居多,那些女人踩高跟鞋还可以跑,不修边幅就会被拒于联谊会之外。从那时我开始打扮,学习化妆、知道什么是美白针、甚至还从一位同学那学到一个偏方——穿平口小礼服时,如果正好没有适合的内衣,就……就用粗胶带在胸部上缠两圈!这样可以又集中又不会"掉",可以应急(错误示范,请勿学习)。

不得不说,当女孩……好累啊!

大学时的男女们正处于发情期,我糊里糊涂交了男友,糊里糊涂分开,什么是爱完全没搞懂。我身旁那些绵绵软软的妹子们个个爱得水深火热,连上课都会看见有人绑着男朋友来一起听课。

我那些爱得像琼瑶剧的女生朋友们分成两种:一种是讲求公平公正公开,受到欧美熏陶。以我的经验来讲这种在大学校园里可能占多数。她们和男朋友一起去夜店,男友去酒店她们就去牛郎店,男友疯她们更疯,但当男友真正变心时,她们哭得死去活来。另一种是委曲求全的女神经病,只要他爱我就好,累死苦死都甘愿。

我认识的台湾女孩们,说保守是有点保守,说现代也真够现代。她们去夜店跳舞看帅哥,但只要男友一通电话随传随到;她们讲话绵软没有杀伤力,但碰到"两性平等"等相关议题时火力全开;她们一方面爱看两性专家的书、倡导一个人照样活得精彩,一方面在联谊时不吃炸鸡、不吃大蒜,只喝红酒装气质;她们一方面独立自主,不会要求男人把房和车送上门,一方面却也期待男人可以负责更多。

要我形容我们这一代八零末的台湾女孩,四个字——双重

某次真实的对话

HI，小可爱，我来自重庆……

啊呀呀呀，重庆啊！我知道，是四川的！

→小激动呢……

OH!no!!BALABALA……
重庆不是四川的，重庆是重庆的！

……

过马路集结令

大陆过马路要奉行一个准则：人多就是力量！基本上只要凑满六个人就可以过了！

诶，真的吗？

一二三四五六……

好了，过！

可是有时候……
一二三四……哎怎么四个人就过了？
那我该跟着过？

人格。

　　我在北京的大陆女朋友们,不会叫男友鼻鼻,不会"嘛"来"嗯"去。她们不准男友去夜店、要男友有出息、一言不合吵架打架也很正常。就算有男孩子在,她们吃东西也不会忌讳,大大咧咧。她们不会因为外在眼光就美白减肥,出门随兴自在。另外,她们也忍受工作上的各种不平、传统社会的结婚生子压力。

　　她们很强势,但在这个社会也算是弱势。她们独立自主,但有时令人讶异地保守。

　　我听过很多大陆朋友说台湾大男子主义、说台湾女孩比较开放,说很多很多他们印象中的刻板印象,所以我写下我身旁的台湾妹子们。软绵绵的有很多,甜蜜蜜的有很多,但不管是软还是甜,对于自己的权益是非常在乎的。

　　归功于这个国际化又纷乱得像战场的年代,女人越来越聪明,男人只能多担待了。

　　最后,我常被问到——大陆女生和台湾女生,有什么不同?

　　其实没什么不同,在传统又开放的环境中,同样坚强也同样可爱。

　　唯一不同的,大概就是某一方在讲话时,另一方会很想抽她。

台北女孩小补充：

我还记得毕业前夕，听见非常多女同学抱怨找工作时的性别歧视，这让我非常惊讶。在台北找工作时，这样的事情我几乎闻所未闻。

我对大陆女孩子的处境感觉很复杂。有时觉得她们比台湾女孩"好命"，在物质上，许多大陆男孩会尽心尽力，但有时又觉得她们在社会上受到限制，太委屈。

后来才逐渐明白，不管是男人女人，都各有委屈。重要的是，能否互相尊重对方、爱对方。

我到上海后，总是在街上看着许多男孩子讨好老婆、亲亲老婆、伺候老婆、拎包倒水……和在北京时看到的情况，相去不远。和在台北看到的情况，也几乎一样。

其实两岸的女孩子，都挺幸福的。

最后，再来个小知识补充：

台妹的对应词是台客，什么是台客？

烫个金毛、吃着槟榔、穿着汗衫、脚踏拖鞋，十足土样。

所以，台妹自然不是什么赞美。在台湾，别这样叫台湾女孩，不然容易被赏白眼。

在台湾习惯称美女为"正妹"，统一称"正妹"就行了。

7 传说中的贫富差距

这篇是有关金钱的文章,在开始讲这篇以前,必须先说说我的金钱观。

我是一个挺小气的人,大学毕业前认为最奢侈的事就是每个礼拜喝两杯"是他爸渴死"①,买衣服除了羽绒服及外套外没一件超过一百元,买鞋子除了长靴以外也没超过一百二,十足的小气鬼个性。

因为是小气鬼,我认识的朋友也没有什么花钱大手笔的人。大学毕业后,我的月薪是六千元人民币,做的是秘书性质的工作。在那时起,才开始接触花花世界,真正了解什么是贫富差距。比方同样加班到晚上十点,为什么我拿六千我老板拿六万呢?为什么

---

① 星巴克咖啡的开玩笑的译法。

有人住帝宝呢？

　　到北京前的我，对贫富差距的了解很简单——就是小S和我的差距。

　　"大陆在经济发展下，贫富差距扩大，高收入者和低收入者差距是××倍……"

　　"在北京，许多年轻人租不起房，几十个人挤在一间地下室，地下室滴滴答答地漏水……"

　　"来自某农村的某某，家境贫困但好学不倦，终于考上了北京大学……"

　　这些新闻时不时会出现在台湾电视新闻上，想到大陆，很多人会自动联想到贫富差距。不过在台湾我们对于贫富差距这四个字没有太大感受，在台北路上、商场、夜市里，除了乞讨者外，不管是工人、农民、劳动阶层和白领，大家看起来都过着差不多的生活。这其实会有一种挺安慰的感觉——大家都一样没钱，太好了！

　　在台北地铁上，你分辨不出哪些人是低工资劳动者、哪些人是高工资白领。从台北到经济较不发达的东部地区，你也感受不到居民的生活有什么变化。你只是看到兰博基尼跑车、帝宝豪宅时会羡慕忌妒恨地啐一声："台湾贫富差距真大，看马英九做得多烂！"

那时贫富差距对我而言,就是菜鸟新鲜人每个月五千的低工资、住公寓套房,和大老板月收入几百万、住豪宅的差别,这就是我认知的贫富差距。

到北京后,我才体会到传说中的贫富差距,或者说,阶层差距。

一开始到北京,什么都很新鲜,很兴奋地和同学四处玩。

我对大陆同学的第一个印象,说来奇怪,就是——我觉得大陆同学好、有、钱、啊!

话说9月中开学后,同学说哎呀,你才刚来,跟我们一起去买衣服吧!

好呀好呀!

上班一年后,重新回归学生生活的我,又回到了大学时期的寒酸心态。在大学时,我们呼朋引伴去买衣服,固定去的会有以下地点——五分埔、西门町、师大夜市,这几个地方有一个共同点:

一是多买两件可以砍价,二是款式虽然没特色但也可以穿出去,三是超过一百元(人民币)就是中高价位了,普遍在八十元左右。

如果想买好一点的衣服?三个字,优衣库。

所以,当大陆同学拉我去买衣服时,我很自然地期待着:应该是去某些便宜划算的地方吧?同样是学生嘛……

结果,我们到了中关村商场……商场?!

大学四年,我和同学去商场都是去美食街,顺便(忌妒地)调侃那些在商场买衣服的讨厌鬼——在商场买衣服好笨喔、这样的价位西门町可以买五件……十足屌丝!

顺便说一下大学四年以来,我花自己的钱吃过最贵的一餐是在毕业前,和朋友去吃牛排套餐,一个人一百五十,还记得那时的心情就是——噢噢噢一百五的牛排!好神圣、好好吃啊!

写到这里我必须反省自己,为什么我大学四年都跟一群屌丝瞎混!混成今日的小气性格(好像我还活在物资匮乏年代一样……)!

台湾的商场常常打折,从九折、七折、五折、三折到最终特价,所以价位不至于高得吓人。但北京的商场什么都贵!连在台湾很便宜的韩国化妆品也很贵!而且商场购物的人潮汹涌,这样的人潮我在台湾不是没看过,但只出现商场周年庆打折,或是"均一价三十九元"的便宜店里。

对刚到北京的我而言,商场没什么折扣就算了,竟然还这么多人买!我同学他们竟然真的会在商场试衣服、买衣服!衣服一件竟然要三四百人民币!

我清楚记得当时的冲击,回去后立刻告诉家人朋友这个重大发现,得到了预想中的反应——看看人家的消费力!天啊!祖国人民太猛了!我还会和跟我一样寒酸的台湾朋友一起窃窃私语,这些人竟然会到商场买东西，真是太有钱了啊，哪像我们去五道口批发市场……这种西装外套我都淘宝买一件四十九元的……

看看看，这就是很讨厌的酸葡萄心态！

又过不久，我因为脑袋一时短路而买了一双两百五十元的超高高跟鞋，但完全不实穿。台湾友人知道后狂骂我浪费，一千多台币的鞋啊！多贵！

而大陆朋友的反应是，两百五十元？挺便宜的鞋啊！

我再次被震惊了。

后来我和台湾朋友及外国留学生去了几次便宜的批发市场，商场和这里的环境天差地别，质量也是差到不能再差。

难怪大陆人疯淘宝！难怪淘宝这么流行！

一开始到北京，属于观光客兴奋期，周围同学多数属于中产阶级，不是富二代也不是官二代，就是不愁吃穿的小康水平而已，但诚实地说……花钱真的比我以前的台湾同学"狠"（当然，还是个人经验）。

而且，我们还会听说某某某的姐姐在某单位，哇！一个月一万多，某某某师姐在什么大公司，年终奖金领了多少多少……电视上"农村来刻苦读书的孩子"我根本没碰到，农村学子的印象也渐渐淡去，变成"大陆同学很有钱"的片面印象。

一开始，很菜很笨的我得出的浅薄结论就是——天啊！台湾真完蛋了,看看人家北京,消费力真不是假的,大陆人好有钱啊!

但这个想法没维持多久。

某次和一个姐姐吃饭,她说,你知道北京有多少人月收入不到三千、有多少人是缩在一起挤一间小房间、有多少小孩没读书、有多少农民工睡在外头……

某次,我想去学校附近的屈臣氏,但找不到,就问了一个约十三四岁的女孩,她一脸迷茫地摇头。然后我看着她跑到一辆面包车前,那辆车堆满各类用品,脏脏乱乱,像是一个移动的乱房间。

再然后,我会观察地铁上的人,我发现和台北地铁最大的差别就是——在北京地铁,你可以很明显看出一个阶层差距。

有人晒得黝黑、散发出一股难闻味道;有人拎着看起来很廉价的山寨包包,衣着搭配奇怪,有着很刺鼻的香精味;有人穿着体面的衬衫和领带,干净得体……一节车厢,看得出有形形色色、活在不同世界的人。

更简单地说,在北京,可以明显看出高收入者与低收入者的区别。在动物园批发市场的人和在商场购物的人,感觉是截然不同的两群人。

这感觉挺复杂,我知道大陆人多这种现象很正常、发展差距大这现象很正常、人家发展很快值得嘉许,但有时仍不避免地会比较、会感叹……

还好台北大家都一样"屌丝"！没有太多大富大贵，或太穷太苦的人……

贫富差距，我到北京后对这四个字，有了一点点新的认知。

后来的后来，我即将毕业，我认识了越来越多大陆年轻人。

很多人每个月四千的收入，房租两千，必须在这个我不懂为什么物价这么贵但真的很贵的繁华城市奋斗（补充一点，我一直觉得北京最神奇的地方，就是大学生起薪三四千，但房租普遍两千起跳，收入和物价呈现奇妙的不对称关系。）。

他们面对的压力，比台北年轻人大得多。

一开始来时，或许因为接触人群的关系，我一直觉得大陆这些九零后的同学没像我的台湾朋友一样端盘子、在饮料店摇饮料，就去商场逛街买衣服，有种不懂金钱可贵的娇气。

但毕业前的一年，我非常佩服他们。为了达到家人期许、为了找一份看起来体面的工作，为了迎合这个社会的物质标准，他们很努力呀。

不愁吃穿的孩子尚能如此，何况农民工子弟呢？

我一直很不喜欢写关于大陆社会问题的文章。一来我不够了解，二来我是外来者也没有资格，但我想诚实写出所有我对大陆的感受。

不论好坏。

这不是一个社会问题的严肃探讨文章,而是一个外来者写出自己对这个城市,小小的体悟罢了。

> **台北女孩小补充:**
>
> 还记得研究生二年级,我在找工作时,最常看豆瓣上的"北京租房"。这个主卧要两千五,离地铁站远一点的可以一千七……
>
> 朋友说,月入八千在北京都可能只是刚刚好打平。那六千呢?四千呢?
>
> 那时的我一直思考要不要回台湾。
>
> 后来我去了上海,一个也不容易活下来的城市。
>
> 但我在大陆的一线城市碰到很多在台北遇不到的人,疯的、聪明的、爱找我讨论两岸民族的……因为我是台湾人,许多大陆人更直白、更热情地和我交流,让我了解更多。
>
> 这是大陆一线大城市给我的礼物。
>
> 所以,我很高兴自己留下来了。

8 总裁与我

走过青春期的少女们应该都知道台湾言情小说的公式：

一个穷女孩无论跑在路上、走在楼梯间或是跌进垃圾场，都会不小心撞到一个英俊逼人的男人。一开始两人会很不顺眼地互骂傻叉，骂完女主会发现该帅哥是自己上班地点的总裁。以为自己要被炒鱿鱼而鸭梨山大的女主又意外发现帅气总裁不炒她，反而把她派给自己当贴身助理，助着助着女主就住进总裁闪亮亮的大床……房里，然后happy ending。

（想起我高中到大学的人生志愿是当一个言情小说家！不过完全没当成，因为我用一段话就写完一本应该是七八万字的小说！）

总之，小说中"女主角"怎么撞都会撞到总裁，但别以为台湾遍地是总裁，因为我无论怎么撞只会撞到嚼槟榔骂台语的台客。或许是我的穷酸气息太重,高中以前我过着与小说中的有钱人绝缘的日子,直到大学后才开始接触花花世界。

这篇,就讲讲我碰过或听过的两岸有钱人。但因为本人穷酸气息太重(再次强调),因此样本可能略少,如果有真正活在金光闪闪世界里的人种,欢迎私信我。

在台湾,如果看到穿着一件白汗衫、蓝白拖、拎着一个塑料袋"啪啪"走的大叔有两种可能:一种是他是普通大叔,另一种就是隐藏版大叔,也就是有钱人!

台湾有钱人"可能"会像偶像剧里的"欧巴"一样,开着跑车、衣着讲究、用迪奥男香,洗剪吹的发型在他身上也不那么洗剪吹了(有钱真好!),这种人不用费心找,台北东区夜店就会有,个人看过好几次。他们可能是××二代,常常操着一口ABC腔和把不完的妹,极可能还有张美国绿卡,还一定要取个英文名字。

讲到这里补充一点,在台北某些高大上的夜店男生会叫JASON,女生会叫GiGi(整个夜店会有十个GiGi),到现在我还是不懂为什么大家都必须自动洋化。

在台湾除了显性的、年轻的、炫耀的JASON,其实还有更多很低调的"隐藏版大叔"。比方我的高中补习班老师,是全台湾最大高中连锁补习班的大老板,每天他的衣着就是——一套旧旧的西装、一个超破烂公文包和一双快磨平的皮鞋,你看见他"啪啪啪"跋拉着鞋走进教室的身影,绝对、绝对想不到他是一个大老板,只会想到他穿着汗衫去菜市场砍价的画面。

我听过的台湾有钱人多数属于这一种。他们低调、穿着不显眼、和你爸穿汗衫去买菜的模样一模一样。在台湾很有趣的事情就是,穿金戴银的、一身名牌的常不是真正有钱人(明星除外),我碰过的超级有钱大老板和"田侨仔"都像邻居阿伯,你看都不会多看一眼。

什么是田侨仔?就是大地主!

另外,很多大陆朋友以为"台北人"都比较有钱,错错错错!许多田侨仔都是南部人,所以别太轻视台湾南部乡亲。

下次大陆朋友到台湾,如果不小心撞到一个背心大叔,请别急着翻白眼。说不定你就是幸运女主角,有机会邂逅隐藏版大叔……的年轻儿子!

总之,台湾有钱人真挺低调的,也很少"炫富"。因此在我开始用大陆论坛后,对大陆的炫富行为十分不解。为啥要晒出自己的薪资?为啥要晒出自己的家底?

在台湾我从小到大的观念是"有钱该越低调,省得人家抢你"(活脱脱屌丝心态),因此对于在网上秀自己钞票有很多张的人我从来不理解。

不管怎样,后来我到"传说中有钱人很多"的北京,我发现我必须重新调适。

大家是怎么评断出有钱人的？

车,是个很重要的因素。虽然车有可能是借来的,但总是八九不离十。在台湾,宝马和奔驰基本上就算有资本,但在大陆这两种(尤其是宝马)很多。以前在台湾时还认为奥迪就算不错,但北京奥迪根本满街跑。

后来我知道奥迪是官车后挺错乱的,不知该说北京大官太多,还是北京当官很爽……

认识位开宝马来上课的同学,一开始时我很自动把他列为富二代,然后被朋友泼冷水:这就富二代？你没见过富的!

后来又认识一位在北京有数处房产、开辆小跑车的哥哥,被吐槽:你说我富？你没见过富的!

很多台湾人觉得汪小菲是有钱富二代,被大陆网民吐槽:这就富二代？你没见过富的!

因此我对大陆有钱人的感想就是——好吧,我真没见过富的!

毕竟造成全台轰动的陈水扁先生"海角七亿"案,在大陆的贪污案中……可能是零头中的零头,所以对于"钱多"我真心认为台湾人可能比大陆人还没概念。台湾时不时会报道大陆那些被捕的官员,报纸上还会罗列、比较这些官员的家底,真的闪亮亮到我不忍直视。

到大陆后,我真觉得自己是井底之蛙的"台湾岛民"——官和富,本岛民对它的想象实在太狭窄了!

后来听说亲人去山西旅游时,碰到一群据说是煤老板的人种。亲人表示那群人穿金戴银闪闪亮亮,像是电视古装剧的员外,看了会让人产生想掏枪抢劫的冲动。

由于台湾新闻常播报大陆游客怎么怎么疯抢名牌、在台湾的大陆客也总是穿金戴银,因此许多台湾人总爱问我"有没有认识有钱人啊?"我总是摇头,套句大陆朋友说的:"这就是富?你没见过富的!"

不过,我倒是问过我的北京朋友——在北京,那些看起来像邻家大叔的欧吉桑,会不会像台湾一样,是田侨仔或大商人?

朋友说,不,在大陆看起来很屌丝的人……就是真屌丝!

台北女孩小补充:

提起屌丝,最后再多嘴几句吧。

我在大陆很少碰到有钱人,倒是碰到不少"屌丝"。月收入一万的说自己屌丝、月入八千的也是屌丝、三千的更是屌丝。台湾近几年也专出屌丝。老外?那些教英文的更屌丝!

那沿街的乞丐呢?那些我在地铁几乎不敢对上视线的

老乞丐？朋友冷哼，你知不知道很多老乞丐多有钱?!

　　谁有钱谁屌丝，谁是真穷谁是假可怜，在这错综复杂的社会谁说得准。和几个在大陆的台湾朋友聚会，最常感叹——台湾真是"均贫"，北京、上海甚至整个大陆怎么这么多有钱人？

　　又哪来这么多屌丝？

　　但，大陆有好多机会，让月收入三千的屌丝可以成为月收入八千的屌丝，这让许多薪水总升不上来的台湾屌丝挺羡慕。

　　或许屌丝和总裁同样可以很快乐，总裁可以娶林志玲，男屌丝可以娶女屌丝，同样快乐过日子。

9 不负责任小诀窍之"如何分辨台湾人"

大家分得出来大陆人、台湾人、香港人、日本人和韩国人吗？

个人认为韩国人非常好分辨，反正就是染发、韩剧系打扮、妆容看起来都一模一样。日本人由于在台湾见多了，所以多少能分辨出樱花妹的味道。虽然不如韩国人好分辨，但有些日本人的长相就是"很日本"（←说不上来的感觉）。

那，和大陆人同文同种的台湾人呢？

如果一个人说出"蛤——北鼻你要迟到喔？为什么啊——"或"我才不要咧——"这种你想抽她两巴掌的嗲声，自然百分之九十是台湾人。

但，在去除台湾腔及特定台湾用语（比方地铁台湾称"捷运"、U盘台湾称"随身碟"）的情况呢？

先讲讲我眼里的台北女生。所谓一个城市的人代表这个城市的个性，一方土养一方人，台北这个城市一点也不大气，但情调细致。一到台北，女孩子化妆、纤细、温柔，男孩子也爱打扮、礼貌、在意发型。男女均以日系妆及日系打扮为主。

北京呢？这个城市的女孩就跟北京给我的印象一样，大气、不拘细节。化妆的人少、比较女强人。男人更是如此。一开始其实非常不习惯北方男人（为什么不注重外表！），人们和城市一样爷味十足。

在北京，台湾人不像上海一样又多又聚集，但我们还是会有自己的一套标准来分辨老乡。每个台湾人分辨的方法不一样，有时候就是很抽象地凭着一种"气息"（在大陆生长的台湾人例外）。

以下，告诉大陆朋友我的不负责任小诀窍之"如何分辨台湾人"。此乃个人经验，准不准因人而异，不代表全体台湾朋友。

如有雷同，纯属巧合。如果不准，恕不负责。

一、"真的喔""真假？""蛤——是喔？"

当您听到这一声声的问句，请不用回答，并且温柔地注视他，有八成机会他是台湾人！

台湾人非常喜欢说"真假？""是喔？"刚到大陆时，每次听我这一讲，大陆朋友会很认真地跟我说"真的！这是真实的！"

后来，我才告诉他们——这是无意义问句，代表我们"已经听完你的陈述"。不用回答的!

不过,虽然不用回答,但还是必须"嗯"一下,不然有人会生气、觉得你失礼喔(←有没有发现台湾人很难伺候?)。

二、很爱问"有吃到饱吗?"

可能个人是个计较的贪吃鬼,交到的台湾朋友也全都自带这种属性。刚到大陆时,开通手机上网服务,很自然而然地问"有吃到饱吗?"

台湾手机上网许多年轻人会办"吃到饱"的服务,每个月费用因使用不同的运营商略有不同,但基本上划算。缴一定费用,随你用!

不只手机话费,KTV、火锅店、蛋糕店什么的在台湾都吃到饱,因此一些台湾人被吃到饱宠坏了。

所以到大陆后,台湾朋友在聊天时,大家最爱的还是吃到饱餐厅。来了一年多了,我发现只要有人说"欸欸,某某店有吃到饱喔",第一个眼睛一亮、跳起来的都是台湾人!

三、夹脚拖everywhere!

在北京一年多,我用"夹脚拖"这个特征成功勾搭了两名不认识的台湾人。上身穿着外套下身搭牛仔裤加夹脚拖,或是上身穿着可爱小洋装下身搭夹脚拖,在饭店里在电影院在 Pub 在课堂上一律夹脚拖,如果你身旁有在任何地方热爱夹脚拖的人物,台、湾、人!

另外,大陆课堂不太流行夹脚拖(至少我们班是这样),所以若您想找台湾人聊天,下次在楼里看到拖鞋走天下的就勇敢搭讪吧!

四、看到"均一价 XX 元"会往前冲。

好几次,我和一群大陆及台湾朋友去动物园及学校附近的服装批发市场。

看到"均一价三十九元""全场六十九元",眼睛就亮了,然后火力全开跑得比奔驰还快的……台、湾、人!

下一次,若您在批发市场看到一个屌丝只在"均一价三十九元"或"均一价六十九元"地区来回晃悠,为了两岸和平发展请对他露出友善的微笑,或许他是台湾人。

更或许她就是我……

五、对公交车站牌做出挥手、疑似举手,然后缓缓放下四处看的……

碰到这种情况,八成是……台、湾、人!

六、"为什么这要两百元!"

某次在中关村商场楼下的化妆品专卖店,听到这句话,我偷偷凑到女孩耳边:"你是台湾人吧?"

还真是!她非常惊奇,是因为口音?

不是……

因为我身旁几乎所有的台湾朋友,只要去商场,看到价码的那一刹那都曾脱口而出:"这要两百!""天啊,这要三百?!"

在商场对着价格惊叹不已的——台、湾、人!

下次,听到这些话,请别嘲笑她是屌丝,因为大陆的外国化妆品真的好——贵——啊!

七、北京首都机场分辨法。

个人认为这个方法超准,但仅限北京首都机场(其他地方的机场我不清楚)。

第一次到北京首都机场时,本人入境时在"中国公民"和"外国人"这两个窗口来回徘徊很久,身后一些傻台湾人也同样不知该往哪个窗口走。很不好意思地说,那时非常想往外国人的队伍钻,但在别人地盘"搞分裂"好像也不好……

直到保安用雄浑有劲的声音说:台湾人去排中国公民!

后来才发现,谁管你啊!大陆人也会去排外国人的窗口,排哪个窗口其实没人在意。

变成老鸟后,最喜欢看到第一次来首都机场的傻台湾人在"中国公民"和"外国人"这两个窗口来回徘徊。

如果您入境时看到前方的傻子一脸"我不知道该排哪个窗口"的傻样,就知道他是台湾人!噢不,应该说是刚到北京的菜鸟台湾人!

以上,是台北女孩不负责任小诀窍之"如何分辨台湾人",谢谢收看。

再讲一次,此为不负责任观察日记,不代表全体同胞,准不准您说了算!

10 人人都爱骂

很多大陆朋友到台湾后,会像中邪一样守在电视机前面。是看偶像剧吗?才不是!是看政治节目。

听过非常多大陆朋友说台湾政治节目太有意思,这个骂那个那个再反驳,还会开放观众call in,比康熙来了还有趣。

每个政治节目都有自己的立场,而且通常就在隔壁台,手拿遥控器使用上下键即可,在选举期间尤其热闹。

谈政治伤感情,在台湾除非是很熟的朋友,不然问别人蓝绿、政治问题都是非常失礼的。我碰过许多大陆朋友刚认识一个台湾人,就迫不及待问人家你是蓝是绿,对台湾人而言非常不礼貌,在此先提醒大家。

不过,等熟了之后就会知道。在台湾不只是政治名嘴爱骂,许多台湾人都有一口骂政府的好本事。

话说过年时本人去台北某森林公园走了一圈,看见漂亮年轻的母亲带着可爱的小男孩蹦蹦跳跳,正在感叹时,听到以下对话——

漂亮妈妈:"来,跟阿姨打个招呼,祝阿姨马年快乐。"

可爱小孩:"啊?可是马英九不是做得很烂吗?"

这小孩才七八岁啊!我当年连李登辉先生是谁都不一定知道,现在的小孩竟然可以精确说出领导人大名,还知道他的政绩如何,真是早熟。

乳臭未干的小鬼会这样说,自然是因为常听大人说。这次我回家,不论是年轻的中年的蓝的绿的朋友对于咱们领导都是一骂再三。许多大陆朋友也觉得奇怪,为什么我们总这么爱骂自己的领导人呢?不是我们自己选的吗?

台湾似乎从我有记忆起就很喜欢戏谑政治人物,先从很久很久以前讲起好了。

我第一次听到关于政治人物的笑话是国小某年级时(事隔太久年代已不可考),那时我们的"总统"是李登辉先生,"副总统"是连战先生。

我相信和我出生年代一样的朋友都听过一个很烂但又忘不掉的冷笑话:

话说老年时的蒋经国先生已经白发苍苍,讲话时如风中烛,一直抖抖抖抖。

某天,贴心随从问他:"蒋先生,等您走后,您想要谁来接这个领导之位呢?"

老年蒋先生:"你、你等会儿……"(拿笔记本)

耳背的随从:"噢,原来您属意李登辉先生?好的——"(用笔速记)

因为老蒋先生是地道外省人,所以口音太重,地道本省人的随从又耳背没听清,所以"你等会"就成为新任"总统"啦!

这当然是个无聊的笑话,好像传说故事一样,应该所有台湾年轻人都听过这笑话。这是我第一次知道原来领导人不是高高在上,也是可以轻松开玩笑的。

不过,在我国小时,我们对领导人还是有一种憧憬,感觉他们就是台湾的栋梁。毕竟那时台湾经济还很好,没有年轻人到新加坡找工作这种事。比起现在领导人像过街老鼠一样,从前的我们对领导人还是挺尊敬的。

还记得那是一个"台湾省长"还存在的年代,唯一一任"省长"是宋楚瑜先生,课堂上老师提到"省长"先生的名字时,年纪小但嘴很坏的我脱口而出:"松鼠鱼?好奇怪喔——"马上一位班上同学就义正词严地纠正我:"欸,不要这样说我们的'省长'好不好?"

看,当时就是这么美好、兄友弟恭的年代。

我上国中后,看见爸妈看政论节目,节目里的名嘴口沫横飞,只不过是骂"总统"竟然就可以赚钱,还可以这么受注目!

那时我虽然偶尔陪爸妈看政论节目,但也没太大感觉,毕竟大人总说"书读好就好!"不过政论节目让我认识了许多非常有观点的政治名人(虽然有些观点我非常不同意),包含李敖、陈文茜,这应该是被许多人评为"垃圾、乱象"的政论节目教我的事。

以前"骂人"似乎是名嘴们的事,但经历陈水扁先生的贪腐、马英九先生的执政又让许多人失望后,现在的台湾年轻人心灰意冷,"总统"的光环渐渐变成台湾失败的祸首,人人都在骂。

或许因为许多人认为政府不可靠,现在的台湾年轻人更积极监督政府,更积极表达自己的声音,许多大学生甚至是高中生都学会上街抗议。

到底是真正抒发意见还是被人操弄,到底是好是坏,到底人民是越来越有权利,还是社会越来越民粹,到底这就是民主还是我们滥用了民主……这些我真的不知道。但我常在"非死不可"上看到许多人不了解事情的全部,就盲目地附和,参与活动时也一知半解,连自己在做什么都不清楚,在我看来这挺奇妙的。

不管怎样,后来我到了北京。

虽然在网络上见识过大陆朋友抨击政府时的力道,但在现实中,这些声音自然很少听见。一开学的时候要先介绍"书记",然后再介绍"院长",这让我挺错愕的。(最大的不是该是院长吗?为什么是书记啊?为什么学校里会有书记这种职位啊?)

还有什么团支部书记什么书记的我根本就搞不清,发现很多同学都有入党这件事也让我觉得很错乱,还不断回想我有没有说错过什么"大逆不道"的话,从一个"政府随便骂"的地方到一个"貌似很尊敬领导人"的地方难免比较紧张。

后来我发现,谁管你啊!只要不要太夸张,很多大陆人根本不拘束!倒是很多傻外来者穷紧张!

记得研一刚入学不久,我和另一个台湾朋友去天安门拜见毛爷爷,终于看到历史课本中的场景让我很兴奋,指着毛爷爷的大头照说"你看你看毛爷爷耶!"(我是跟他很熟吗?)结果我的台湾朋友(在大陆待了两年,可谓老鸟)二话不说"啪"地打掉我的手,顺便低声教训:"不要乱指啦!还有要说毛主席啦——"

这搞得我很紧张。结果身后一个小鬼头大大方方地坐在爸爸的肩头上,小手指着毛爷爷抖啊抖:"妈妈我看到了!"

这时我才松一口气,顺便教训我朋友:"你看看,指也没事嘛,穷紧张!"

后来我朋友还是不断教训我。记得以后称呼大陆领导人要说主席、不要乱给人家取绰号、在大陆要把人家捧高一点……

研二上学期时,我修了一堂课,是由印度老师授课。话题本来该是印度文化,不知怎的扯到了选举制度上。

当谈到与民主相关的话题时,印度老师突然很紧张地说:"好了不要讲这个,不要在这里讲这个——"两眼还看了看四周,像是会有人出来突袭他一样。一旁几个大陆同学"老神在在"①地安慰:"没事啦——这没什么不能说的。"

本人长期潜伏在学校咖啡厅的角落,发现外国人、台湾人谈起这类话题时都小声小声、压低音量、像周围有监听器一样,倒是大陆学生都毫不扭捏地大声畅谈。

许多时候,还真是外来者穷紧张。

不过,除了公务员办事效率差态度也很差以外,我不太会跟大陆朋友批评大陆政府或领导人。一是我不了解,二是我真心觉得自己家事应该自己管。有时候,我的大陆朋友在叹息,我会说说好话;有时候,我在骂台湾政客,大陆朋友也会说说好话。

我们对彼此的政治人物,标准都会比较宽容啊!

回到标题,有许多大陆朋友好奇为什么咱们领导人这么不得人缘、到哪都有人骂?

这次回家,我也询问过很多台湾朋友:"为什么要骂老马啊?"

有人说,谁让他真的欠骂。

有人说,因为骂他才有新闻版面呗!才有市场呗!

---

① 台湾话里若无其事的意思。

我朋友说,就跟淘宝一样啊!看着很好,买到后一开始以为还行,过几天后发现不耐用,一个礼拜后发现根本不能用。你跟客服反映,客服说真抱歉,货物已出,概不退换。

你除了给差评和狂骂以外,有什么办法呢?

台北女孩小补充:

这篇文章是半年前写的,后来发生了一些事。许多台湾人的言论让大陆朋友耻笑,台湾果真民主乱象啊!

有人说台湾不是民主,是民粹。关于这点我无话可说,有时我也会有这种感觉。

很多大陆朋友羡慕台湾的自由,但我们是不是滥用了自由?

我一直不明白书上的大道理,但不论是对大陆或是对自己人,如果没有尊重,谈什么民主素养呢?

我只希望最爱民主的人不要玷污民主。民主不是武器,不是用来秀"我有民主你没有"的无聊优越感。

对我而言,只要你温柔包容不同声音,就算不能投票,也有所谓的"民主修养"。

11 认命不认命？

到北京生活的时间不短不长，认识的大陆朋友不多不少，在我看来，这些来自五湖四海的大陆朋友身上有几点共同特质：

第一是"冲啊"，第二是"懂现实"，第三是"就认命呗"。

这篇，先从第三点开始讲起。

老规则，开始之前必须说明：每个人生活经验不同，我自己碰到一些不愉快的事情当然也不代表该行业的全部人，每个人都是赚辛苦钱。

来到大陆后，一开始总觉得人们口才伶俐。秀水市场摊贩能言善道一口英文，我这只会"哇好贵"的台湾笨蛋连砍价都砍不下来；同学们上讨论课时如滔滔江水绵绵不绝，我这不学无术的台湾笨蛋只能装死期待老师忽视我；甚至在马路上看见女孩子与男朋友吵架速度之快、口齿之清晰,让以前吵架只会哭和卖萌的台湾笨蛋佩服得想拜师学艺。

看看人家的口才!多会据理力争!死的都说成活的!

后来我才发现,许多大陆朋友能争就争,争不来的往往比台湾人"认命"。

第一次有这感觉,是在面对快递大哥的时候。快递是我觉得北京第一牛的职业,由于校园内只有少数快递集合点,所以每次收到快递大哥的"您的包裹到南门,请在几点几分前来取货"短信就像接了圣旨,立刻迈开小短腿冲到南门,生怕晚了一秒包裹会随风而去。

快递大哥脾气阴晴不定,短信内容也不固定。最客气的是"您的包裹到南门,请在六点半前来取货",次客气的是"南门有包裹,六点半前取货,六点半后我就走了",有点不客气的是"南门有包裹,一点前来取货(当时已经十二点半了)",最夸张的一次是"××快递,南门,包裹,一点前",真牛叉,皇帝写圣旨都没这么简略。

有时我接到短信的时间比较晚,急匆匆冲到指定地点后会被快递先生嫌晚;有时十二点半接到一点前赶过去的短信,我也不会抗旨乖乖冲到现场,只是在内心"靠腰"(就是粗话版的抱怨,台湾人常用,好孩子别学):"人家必胜客送餐都不会这么赶啊——"

后来我才知道,很多时候短信上的时间是随便写着玩的,不用理它。

如果只是短信倒没什么,我最怕的就是快递大哥打电话。因为他的口音我听不懂,我的口音他也不懂,一不懂他就急,他急我也急,我一急就从温柔小台妹(咳)变成泼妇一枚。

有一回鸡同鸭讲了三句话后,大哥讲话开始大声(没忘记我说过,在台湾大声="找我吵架"吧?),所以我很自然地切换进吵架模式,国台语夹杂骂了一连串话,翻译过来就是"你他妈的凶屁啊!以为自己是谁啊?""老娘可是付了运费的你这个大傻×!看看你那什么态度!"

骂完后挂断,身心舒畅。

我朋友看着我,三秒后淡淡地说:"我从来不和快递吵的,吵了没用。"

"但是,让他知道客人不高兴,下次态度就会好一点啊!"我固执地认为。

"吵了没用。"她还是坚持。

第二次听到"吵了没用"这个理论,是在医院里。

本人常不是胃痛就是肠胃炎,半年一小痛,每年一大痛,倒也认了,固定一段时间就要拜访医院。因为台湾人很爱搞"叫你们经理出来"这烂招,医疗在台湾被视为服务业(只是医生的薪水是服

有一次曾经妄图去"动批"换衣服

老板！毛衣有个破洞……求换……

喔——那破洞在哪啊？我没看见啊？
喔，挺小的。
姑娘，我们不给换的。
你看，穿着不是也看不出来？

姑娘，我在这里做了几十年生意啦，
相信我，我们家衣服料子最实在价格又棒。
您看看这毛衣的料，
来，摸摸，是不是又软又舒服……

下次再来哦！

极品毛衣

呃……

哈哈哈哈哈，大陆食品太不安全，
都是地沟油……好恶心，有没有？
台湾
台湾馊水油事件
Kao Yao！
食品
哈哈哈哈哈，馊水油……巨恶心，
你们的食品有多安全！
大陆

务员的数倍），小孩子看医生还会有贴纸拿，只差没有像淘宝卖家一样"给我好评喔亲"。

到北京后因为没有医保,看病的钱又让我肉痛,总是吃止痛药了事。直到某次胃痛受不了直奔医院,挂号速度之慢消耗了我大半的体力,好不容易坐到医生的面前,该医生倒是不凶,但语气冷,脸色也不耐烦。胃痛的我心情自然不好,又是拍桌又是骂人地跳跳叫叫:"我是来看医生的,不是欠你好几百万！你以前没学过医学伦理吗？你这是什么态度！"（整个没形象啊——）

那时诊间的门是敞开的,不止医生愣住了,外头等待的男孩子也呆住了。

我很庆幸我碰到一位好医生,他没有当场和我吵,只是用三秒钟的速度诊断完我的病情,然后火速把这个神经病送走。

走出诊间后,那个呆住的男生小心地凑过来,不是要搭讪（看我那副德行应该也不可能）,而是问我:为什么和医生吵架？

我说没什么,他脸色差,我心情差。

年轻男生一脸莫名其妙:脸色差正常呀,医生没赚多少钱,病人又这么多。

那时我才知道,在台湾收入排行前三名、动辄数十万台币、一向被视为热门女婿人选的医生,在大陆连铁饭碗都算不上。

我不服气地问:"但是病人不是更可怜？"

"吵也没用啊。"他耸耸肩。

那两次之后我一直搞不懂。

我问朋友,有时会不会被快递气到?朋友说会呀。我问朋友,有时会不会觉得医生态度差?朋友说当然呀。我继续问,那你会不会和他们吵架?

吵了干嘛?吵又没用。

我不懂这些朋友明明是会据理力争的人,有人插队会教训对方、分数太低会找老师理论,但对于"我认为应该要吵"的事情都是耸肩了之。

我一直认为只要客人生气,告诉快递员:"我付了运费,该享受到好的服务!"或许下次他们的态度就会改变;只要病患生气,告诉医生:"你凶什么?医生该替病人服务!"或许下次他们的态度就会改变。

但大陆朋友不这么觉得。你去吵干嘛?吵了有用吗?不就是这样子?在意这些干嘛?大有"就认命呗"的感觉。

是不是我们心中,"该吵的事"与"不该吵的事"认知不同?为什么我有时觉得我的大陆朋友很能争,有时又觉得他们"很乖很认命?"

这样的疑问,直到某个灰蒙蒙、能见度不到二十公尺的雾霾天,我才得到一个不算解答的解答。

谈到这里先离题一下,来谈谈北京最有名的特产——雾霾。

第一次知道"北京空气很差"这个事情,是在初中时。老师说知道什么是沙尘暴吗?大陆北方沙尘暴来袭时,空气中尘土弥漫,人们头上还要套塑料袋才能出门(现在想想老师绝对是在开玩笑,但初中时还真信了,毕竟那时谁不是"老师的话=真理"的笨蛋呢?)!

当时我们对北京一点概念也没有,不过从那时起我心中就有一幅奇怪的想象——头上套塑料袋,那还看得清楚路吗?

第二次得知北京空气差,是用豆瓣论坛后。关于大陆的流言太多,吃的喝的用的都有一些乱七八糟的奇葩事,我一向都视之为"神话传说",可能存在但被夸大。大四时交换生风潮兴起,认识一位在台北上学的大陆学生,该生的一句话让我惊吓不小:"台北空气也挺好的,蓝天白云。"

要知道台北有密密麻麻的机车族,从前还有一些没水平、会排放黑烟的"乌贼车",马路上汽机车的废气常让人怀疑自己三十岁就会得肺病。我读的大学坐落于工业区,时不时有大卡车进进出出、灰烟弥漫……空、气、好?!这家伙脑袋没洞吧?北京空气这么恐怖?

来到北京后对空气的第一印象,说出来很多人不相信,那就是

"北京空气也挺好的呀?"

没有机车排废气,天空也挺蓝的,能见度没有传言中的那么差。很多台湾人说什么到北京后嗓子疼又咳嗽,一律被我鄙视,认为"这家伙要不要这么娇弱啊?"

第一次见到雾霾,我根本不知道这就是雾霾!只看见眼前茫茫一片,像是在台北阳明山上,有雾多浪漫!我很兴奋地拉着大陆同学的手:"你看你看,好像在仙境喔!"

她以为我在讽刺,丢来冷冷一句:"是啊,再多吸几次就成仙了。"

原来这就是雾霾啊!没那么恐怖嘛!菜鸟的心情总是兴奋多于新鲜。

时间是残酷的,现在对于雾霾的态度就是"干,又来了!"只差没学我的日本同学把自己关在宿舍,抱着空气清净机、一礼拜都不出门、靠酸奶、水果、泡面度日。

我是个"人生自古谁无死,何必每天穷紧张"的人,雾霾照样出门,和台湾朋友喝下午茶,进行一场"台湾人北京生活交流大会"。

我们聊着雾霾、聊着北京生活,她突然感叹,如果雾霾发生在台北,可能已经吵翻天了。

是啊,首先我们会先骂台北市政府、然后骂"环保署长"、骂"行政院长",当然马英九一定要骂;然后民进党骂国民党、国民党骂

"环保署","环保署"再"是是是我们会检讨",也没检讨出结论,周而复始。电视、报纸、新闻节目更不用讲,自由时报(绿营报纸)会说一切都是执政党的错,联合报(蓝营报纸)会说这都是××害的不全怪执政党……

这样的全民抨击有没有用呢?

很废话地说,有时管用,但常常不管用。每个地方有每个地方未解的难题,人民只能无奈发泄。差别只在大陆常常是在网络讽刺一番,台湾则是二话不说骂邻居骂官员骂"立委"骂"总统",写信、陈情、丢鸡蛋样样来,就算不管用,但还是爽!

我的大陆朋友们呢?

他们早知道骂了没用、除了发泄也不能干嘛,重点是也没管道去找谁骂。不想吸雾霾?最有能力的移民澳洲呗——那儿空气好、次有能力的多赚钱多买几台空气清净机,没钱的写个讽刺笑话放网络上博君一笑,日子总要过。医疗制度有问题?食品安全有问题?吵也没用、骂也解决不了,不如多去赚钱,用钱买生活质量。

可以说比较认命,也可以说不是认命,是懂得"这就是生活"。

12 冲啊

上篇提到,在我看来,我那些来自五湖四海的大陆朋友身上有几点共同特质:

第一是"冲啊",第二是"懂现实",第三是"就认命呗"。

这篇,就从第一点开始讲。

冲!

这个字,我认为最能代表在北京生活的许多许多大陆朋友。

在2010年,升上大四的暑假,我第一次有一个很酷的头衔,叫"实习生"。大家都知道台湾学生酷爱打工,写履历表可以写上五个打工经验,但那种"在高大上的公司当与所学专业相关之实习生"的经验就不一定有了。

不管是杂志还是来过台湾交换的大陆学生,都曾感叹台湾学生注重打工,却不在乎企业相关的实习经验。我们系上算是实习风气兴盛的科系了,但有去实习的同学大概全班一半而已。

为什么大家不实习?我不了解全部台湾学校、同学的情况,我只能告诉各位我看到的、我听到的、我体会到的"台式实习经验",这经验因人而异。

第一,台湾"暑期实习生"这样的风气不太盛行,没有那么多企业有闲工夫理你。以我读的传播相关科系来讲,只有几家大广告公司、公关公司会招实习生,名额着实有限。如果不是学校帮忙推,想找一家公司实习很不容易。如果是比方外语院、中文系这样的文科专业,想找实习更难。

第二,与台湾学生自身个性有关。我们系在实习部分挺帮忙学生的,但我的同学很多还是不感兴趣。毕业后就工作了,这么早去体验工作干嘛?不如去玩!

我的有些同学申请的是不错的中大型公司,没花费什么力气就进去了,因为申请者还真是"不多"。

第三,实习没钱没地位。对,台湾在学的短期实习生很多不给薪水的!我不能说全部,但能说是多数!因为实习风气不盛行,很多企业让实习生打杂买便当就算了,连钱都不会给,甚至我听过"实习生来我们这里学习,才该给我们钱呢还敢讨薪水"这种理论。

我同学那时在某大外商,给午饭补助,就被我们列为"哇噢好好喔"的例子。我呢?当然没钱,班照样加,还去发过传单(→没人做的工作就是实习生的工作,那时的工读生一小时一百,实习生免费)。所以很多同学认为实习还不如打工呢,还可以存钱出国玩!

最后,实习对未来工作有没有帮助?我必须说,因为本班同学最后多数不务正业,往各行各业发展去了,再加上大学生起薪就那样……高也没多高,大家都一样低,文科生的悲哀。

在台湾,找实习老师不催,找工作老师也不催,同学也就乐得慢悠悠。七八月实习?5月过完再找。7月毕业了?6月玩完再找工作!我大四时,班上同学最常问候的不是工作如何,而是毕业旅行去哪、某某某好像要去打工度假……找工作?

"我不知道我要做什么耶,能毕业再说嘛"是统一的答案!

那时的本班风气是,谈玩可以,四五月就早早开始问人家找工作了没,会被列为"这是个穷紧张的白目!"

我真不知道是环境景气不好,还是台湾学生太"走一步算一步",所以毕业后半年,还有不少人还再"我再看看、再找喜欢的看看"。

所幸,这样的慢步调也算有成果。去日本学语言的,去澳洲采奇异果的,在星巴克摇咖啡的,再看看的最终最终都"慢慢地"找到自己喜欢的工作。

到底是低薪造成年轻人没冲劲,还是年轻人没冲劲造成低薪?在台湾这就跟先有鸡还是先有蛋一样争论不休。反正年轻人骂企业,企业骂年轻人,就跟国民党和民进党的关系一样。

到北京后,我最适应不良的,就是从"台湾步调"转到"北京步调"。

研一下学期,已经有班上同学在实习。就算还没实习的,六七月也不会回去放暑假,而是找实习。

这被我列为不可思议之谜。我的观念是:"人生最后一个暑假,你们还不玩?"但每次一说出口,就会被投以"你们台湾人不知民间疾苦"的眼神。

所以那时的微信朋友圈会出现一个有趣现象:大陆同学的状态就是面试、工作,好苦逼;留学生和港澳台学生就是欠揍地晒"我吃下午茶了"或是"日本天气真好"的吃喝图。

我不像其他台湾朋友玩到8月底,而是8月初就回来找实习,被同学们疯狂吐槽:现在能找到什么实习呀、人家五六月都招完了——

在8月中,我很狗屎运地找到实习,重点是——有薪水耶!当我在面试时不小心爆出"有薪水耶"的欢呼时,主管看着我的眼神变得非常奇怪。

一天大概七十元的薪水就让我很开心,后来发现室友一天有两百让我很羡慕忌妒恨,但还是比以前在台湾当免费工人好!在大陆实习真棒啊!

开心的情绪持续到上班第一天。

公司在国贸附近。从上班第一天、走到地铁站起,我真正体会到北京通勤族的悲哀。

每天早上,海淀黄庄到国贸的十号线把肥肥的我挤成扁扁的饼,从车子"咻"地进站开始人们就摩拳擦掌,等车子一停,车门打开不到三秒,人们就蜂拥而入。

那时我最讨厌的,就是在车子进站时,后面就有人对同伴说"冲、冲、冲"或是"冲啊",每当有人这样说我就会很想、很想……

把那个人揍扁!

当后头的人说"冲啊",我也必须迈开短短的腿,跟着人潮冲啊、冲啊,像杀敌一样杀进地铁车厢、站好、握好扶手、拿出手机,然后一边滑手机一边度过几十站。

每次下车后,都有种历劫归来之感。但还有下班、明天上班、明天下班……每天每天,都要冲啊!每天每天,推推挤挤吵吵闹闹,让一个礼拜只上三天班的我非常崩溃。

公司的主管都是北方汉子,动不动请我吃烧烤面条带我蹭饭局,让我感激不尽,深刻体会到人情温暖。但那时我实习的唯一感想就是——

国贸的通勤族们,你们真伟大!

实习两个月后我准时离开,但心中留下阴影。直到现在,搭地铁时听到后头有人说"冲",我都会耳朵痒痒,很不爽。

10月初,天气舒爽,我以为可以离开实习公司继续过逍遥的日子。结果猛地发现,真正"冲啊"的日子,现在才正式到来。

在台湾,毕业生找工作多数靠招聘网站,最有名的叫104,次有名的叫1111,然后还有518、yes123等(瞧,全是数字,多好记)。一般毕业生找工作的顺序就是:

丢履历→企业面试→(有时有终面有时一次搞定)→over

(台湾没有什么三方约、两方约的,除非你进到非常牛的科技公司。笔试呢?台湾不用考什么行测题,除非是牛逼广告公司会考考文案、智力测验。)

地点再转回北京。

10月初,校园招聘如火如荼地展开。从没参加过校园招聘的我还处于"什么,不是明年才毕业吗?现在就找工作?"的震惊中,莫名其妙地跟着同学去参加宣讲会,莫名其妙递上履历,莫名其妙考了某大型互联网公司的笔试。

笔试现场,当我看见大陆学生人人都会的"行测题",眼泪差点飙出来。我的数学从高中开始就没及格过,数学题根本一题都不会!我不懂为什么考编辑岗位会需要懂"这个盒子拆开会是什么样子、甲乙丙丁谁在说谎?!"那次笔试五十分钟,我不到二十分钟就开始恍神。

周围同学奋笔疾书,我在试卷上画小猪。

这是我到北京以来,最感觉到格格不入的一次。

没关系,第一次经验不好,换家公司再试试!

第二次参加笔试,地点在人×大学。也是某互联网公司的笔试,同学们几乎都是"北、清、人"等重点高校的同学。

套句大陆同学的话:我就是去打酱油的!打一次不够,还要打第二次!

笔试开始时,HR姐姐说:"现在一排一排轮流来拿试题卷,后排同学可以晚交,先从第一排开始,大家不要急。来,第一排……现在第二排……"

照理讲,接下来该是第三排。我坐第三排,很安心地和旁边同学聊天,想着嗯嗯等一下就到第三排同学拿试题了。

然后传来HR姐姐气急败坏的声音:"大家不要急,慢慢来……"

慢慢个毛线啊!整间教室的同学全挤到小小的走廊去了,只剩下我们两个傻傻地坐在位置上!

"不是说一排一排轮流吗?"我身旁的同学也震惊了。我还在傻眼,同学已经一溜烟钻进人群里,我一个人坐在椅子上。

反正现在冲也来不及了!我认命地坐在位置上欣赏一波波人潮。

"不是说一排一排轮流吗?"回到宿舍后,我还在震惊。

"你还真听话,早一点拿到不就早一点写吗?"室友幸灾乐祸。

早一点拿到不就早一点写吗！

这是我第一次深刻体会到，"听话"在这个大环境下是很蠢的事情。

大家抢着拿考卷的画面，和每天早晨的地铁，不是很像吗？

大家都很自觉地"冲啊"，因为冲才有好位置，冲才有好出路。

我室友的家人会时时提醒她：某叔叔在北京工作，要不要找他帮忙？

班上的老师也会时时提醒我们：那个这个考了没啊、记得找个有北京户口的工作——

不是国贸的人们爱冲，不是同学们爱冲，也不是谁天生就爱冲，而是从小到大环境就告诉大家"你不可以慢下来"。

慢下来就考不上大学、找不到实习、找不到工作、买不到房子、讨不到老婆！

我把大陆找工作的情况告诉台湾朋友，刚从美国毕业回台的朋友也是唉声叹气（→只能说没人对自己的生活环境满意，人性啊）！

看看台湾，十年前大学生毕业拿六千，十年后大学生毕业拿六千不到，炸个鸡排卖衣服可以拿六千，在大公司当白领拿六千不到，冲什么？

有人说，不如卖卖咖啡、刷刷碗、摇摇饮料，今朝有酒今朝醉，反正台北房能看不能买。

有人说,出国留学有何用,回来钱都打水漂,工作低薪责任制,不如早早去睡觉!

许多台湾年轻人丧失往前冲的动力。

许多大陆年轻人却没有停下来的能力。

在国贸,又有多少人能"冲"到满意的生活?还是只是跟人群一起猛冲瞎冲?我的河南室友说,没有留在北京奋斗她不甘心,难道硕士毕业就这样回乡当个小公务员,一个月三千元庸庸碌碌?

2013年12月,我很幸运地找到一份不好不烂的工作,只求养活自己。在实习时有一位颇照顾我的姐姐告诉我,她要回老家了,不用搭国贸线和一帮人争来挤去了。

姐姐说,薪水啊福利啊当然都少了,但回家后多了陪家人的时间啊!

还记得找工作时,不管是老师同学还是面试官都问过,为什么不回台湾啊?

我的理由很简单:还没玩够啊!我都还没去过南京、上海、苏州、杭州,也没去我一直想去的甘肃,何况这里有"十一"假期呢!不管什么国庆台湾都只放一天假!

"那如果待不习惯呢?"我的室友总认为我是笨蛋,一定会逃走。

"那就再回家啊!"

"真好,至少你可以回去。"

"你不可以吗?"她的爸妈是公务员,家境不差。

"回家后能做什么? 没有发展性的,以后小孩教育也是问题……"哇啦哇啦一大串。

我还幻想着嫁金城武或布鲁斯威利,比我小一岁的家伙已经想到未来小孩的教育问题了。

我对大陆的状况一知半解,但我有种感觉,在大城市人们一直往前冲的原因,一是对环境不满也不安,最重要的就是在这个发展过于迅速而不均衡的社会,人比人气死人吧。

毕竟在北京最遥远的距离,就是你在芳草地刷卡,我在动物园瞎拼。

不过,当冲得很累,看见路边一排花二十年薪水也买不起的宝马愤恨不平的时候,至少可以停下来,听首周杰伦的《稻香》。或是打给你的家人朋友,或是在微博上跟和你一样屌丝的人痛骂社会。

《破产姐妹》的麦克斯说过,"任何事情都没有什么特定意义,但有时吃糖果或是找人上床,你会感到一切都很棒。"不管如何,在这个大城市还是有无数很好的风景,很多可以让自己停下脚步的地方。

13 有车了不起啊？

分享一则本人朋友和他女朋友不久前才发生的故事。

我朋友呢，大学毕业就进入家族企业工作，不是人们想象的高大上的大家族，不过是自家经营的小本生意。他有一台小车，薪水不多但也够自得其乐，隔三岔五地跑日本玩。

对了，在台湾，有一台小车常常代表是小摩托。

某天他女友说，你看看现在都这么热了(在台湾南部的确四季皆热)，等到夏天就更热，你要不要存钱买台车？

不要，小摩托挺好(这家伙只想存钱去美国玩赌场，当然没钱买车)！

但是会热啊，车子多好，冬暖夏凉的！

讲着讲着两人还就真吵了，女孩认为又不是要买台名车，不过就是要个小日系车也没多少钱，又舒服。男生呢就在"非死不可"

上写:"到今天才看清真面目,原来你这么现实!"

看看底下的回复,有人说哎呀,情侣难免吵吵,别伤感情;有人说其实摩托车也挺浪漫的,抱着总比坐在车里、各自玩手机强!

我私讯给朋友:女朋友想舒服一点地跟你聊天,也没恶意,这样就叫现实?以后你们结婚后还不是要讨论这些。

我朋友很理所当然地"靠"了我:有车了不起啊? 我就是爱我的小摩托啊!

等我回北京后短短几天,两人又和好了,继续在"非死不可"上打卡晒恩爱,依旧骑着那辆小摩托四处趴趴走。

"现实",这两个字到底是好还是不好?

从我接触豆瓣开始,"大陆人感觉很现实"这个想法一直伴随着我。而会有这个想法,一开始是因为豆瓣的"征友帖",后来又受到大陆电视剧和电影的影响。

这篇,就讲讲我眼中的大陆年轻人。的确他们很现实——确切来说,是很"清楚现实"。

基本上一个地方的社会氛围,看看电视剧或电影就可以知道了。

台湾的电视剧常见的分两种,一种是乡土剧,常常是两代豪门相互斗争,或是一个穷女孩嫁入豪门被欺负的故事。这类是婆婆、妈妈爱看的,离咱们平凡人的生活遥不可及。

另一种是年轻人爱看的偶像剧,常常又是一个穷女孩碰见一个贵公子,或是一男一女两小无猜经历许多波折,碰到小三小四最后终于结为连理的故事。

看看台湾(大家都说脑残但还是很爱看)的偶像剧里,你很少看到"你一个月赚六千还敢来娶我?你家在台北有房吗?"这种桥段,顶多只是"你是什么身份,敢嫁进来我们家"这种被我们视为"毕取婆婆"的尖酸话语。

再看看热卖的台湾电影,《海角七号》中阿嘉愿意抛下一切跟着日本女孩走;《36个故事》里男主角原本是个赚大钱的机师,最后还是跟着女主角一起卖咖啡;还有《鸡排英雄》和周董的《天台》,男主角们还是不学无术的混混呢,照样凭着正义感而不是银行卡抱得美娇娘!

台剧里,常常是幻想多于现实,以浪漫情节取胜。不过,现实仍是无可避免。看看台湾的豪门联姻,有权的娶有钱的,有钱的娶有势的,务必讲求官商勾结。但撇开豪门不谈,一般平凡人倒是没太多屁事,反正除了吃喝嫖赌的问题家庭以外大家也都"好像"差不多,毕竟才两千三百万人不到嘛。

许多现实问题不是不存在,只是大家不好意思放到台面上讲。

也因为如此,自从开始用豆瓣后,"征友帖"是一种我非常热衷收看的帖子。北京的只要找北京的、上海的只想找上海的、收入六千的还会在后头标榜"以后可能会涨"、家底够雄厚的还会强调"家有两套房"、收入不多的屌丝则会很清楚地写"我就是屌丝,但我会做饭"……许多台湾人不会轻易说出的"现实资本",包含薪水、房子、车子,在豆瓣的"征友帖"上却一览无遗。

之前在豆瓣上看到某征友帖,该1986年出生的小哥开门见山:老子可不是高富帅,找高富帅的姑娘可以省时间了!

多么懂现实、多么明白的两句话!

大陆的征友帖让我学到好多知识:一、生在哪儿很重要(北京户口加一分);二、认真打拼也很重要(国企员工加一分);三、房子车子更重要(加三分)!

那时沉迷于收看征友帖的我才刚毕业,有一份混吃等死的工作,和身旁的朋友们一起幻想着等二十五岁出国谈个异国恋(最好是意大利帅哥!),或是去法国小镇学画画,这些征友帖的出现对我造成不小的冲击:那些二十五六岁,应该还是幻想着娶林志玲的男孩们,竟然已经可以写出"北京户口,月入八千,家里另有一套房,真诚找个媳妇"这种在我看来是三十五岁以后再说的话。

也因此,到北京后,我迫不及待找了一位曾经有聊过天,也一直汲汲营营在豆瓣找真爱,相信"总有一天她会出现"(活在童话故事)的好男孩,出来吃了一顿饭。

椅子都还没坐热,我迫不及待地问该北京大哥:"你才几岁啊!二十六岁就这么老气!"

"现在差不多了啊,过两年家里会催更紧……"

"还有,到底为什么要写月收入啊?不写的话不是更浪漫吗?"

"又不是小孩子谈恋爱,想奔着结婚的,自然要有点诚意嘛……难道台湾人不看这些条件吗?"

呃……当然看,但是绝对不会写在征友帖里啊……男孩工资太低、没车没房,这些话往往是爸妈们关起门后,痛骂女儿没眼光的话。我不好意思讲出口的是,这在我们眼里是"成熟大人"才计较的事。二十五岁,还是"老娘就是喜欢"的年纪呢。

然而,大陆年轻人比台湾年轻人更早明白这现实世界运作的道理。

看看大陆的电视剧,和不着边际的台湾乡土剧以及浪漫到死的台湾偶像剧不同,大陆许多电视剧赤裸裸地展现出"感情诚可贵,现实价更高"的道理。我看过的包含《蜗居》《裸婚时代》《金太狼的幸福生活》《北京爱情故事》《美丽的契约》等,赤裸裸地演出北京户口问题、婚姻现实问题、北漂问题,电视剧已经演给你看了——这就是我们所处的社会,欢迎来到北京!

更别说优酷上一大堆网络电影,都在聊靠关系上位的故事。前阵子颇受欢迎的电影《等风来》,里头也一再告诉你在上海奋斗有多不容易。这些在我看来有些太现实、太物质、太不浪漫,但在有十三亿人的大环境里能引起共鸣。

前几日,和隔壁宿舍的同学聊天,谈起未来的伴侣标准她嘴巴一张哗啦哗啦一串话:"和我一起在北京,可以一起打拼,一样是北京人,所以我们过年双方家庭都可以照顾到、有责任感、出身要和我们家一样,至少可以一起供一套房,还有以后小孩的生活费什么的都不用愁,还可以念双语幼儿园……"

当下,我立刻把"我很喜欢光头型男,所以我未来的老公最好像杰森斯坦森一样是肌肉光头壮汉"这几句话吞下肚子里,突然觉得有点感慨。

刚入学时,我总觉得大陆的同学不如台湾同学成熟,许多台湾朋友大一就踏入社会打工,到星巴克面对无数白目客人的臭脸,早就练就喜怒不形于色的功夫。大陆同学想到什么就说什么,大大咧咧、咋咋呼呼的。到了研二,我感觉大家一下子都"长大"了。

二十五岁,是一个既幼稚又要成熟的年纪。我的台湾朋友对于靠关系的人很不屑一顾,对于社会公平正义还存在一份憧憬,对爱情仍然怀抱琼瑶式的浪漫愿望。我的大陆朋友则认清你爸是连战比你的能力重要、月薪六千别想着娶林志玲,毕竟电视剧里早早就告诉你什么叫"现实生活"。

不是大陆人现实,也不是谁天生喜欢现实,只是他们当中的许多人比台湾年轻人要更早"认清现实"。

自从我看到朋友告诉我的那句话——"有车了不起啊"便在心里偷偷鄙视那位朋友，都二十六岁人了，还这么幼稚！

两天前和同学吃饭，和他争论起大陆找工作的性别歧视问题。我一直对于许多公司连征个行政人员都大剌剌地写着"本职位限男生""本职位限女生"感到非常反感。我边吃面边口沫横飞地说，你看看这多过分，你知道在台湾这样写会被告的！赤裸裸的歧视嘛！还有什么男生拿一万一女生拿一万的，难道这些没违法？（在台湾，性别限制或是同工不同酬雇主会被告的，不过这些现象其实还是存在，只是"表面上"做到公平）

我朋友不以为然：有些工作女生就是无法做啊！而且女生还有产假什么的，按照成本来说的确不符效益。

"就是因为这样，才要保护女孩子嘛！"

"就算你立法保护，老板也只会变相压榨而已。完全没有作用啊，这本来就是现实问题。"

"什么鬼，当男生了不起啊！"

冲动地讲完这句话，我突然发现，原来接受现实真的不容易。

原来我们还是存在着一点理想、一点浪漫。有时候不是我们没长大，是我们不想这么快长大。我们也不是不清楚高富帅才可以娶林志玲，只是就想任性地说："干，有宝马了不起啊！"

因为现实中不可能有公平,但我们还是想当个追求公平正义、有梦最美的小孩子。

在十三亿人竞争的世界中,在"你有没有北京户口、你看某某某收入都有两万"的环境中,在"早告诉你结婚就别找凤凰男"的电视剧中,如果谁大剌剌地说出:"干,有户口了不起啊!"常常会被归类为脑残,因为——废话,就是比你"了不起!"

或许能说出"有车了不起啊"这样幼稚的话,也是一种奢侈。那代表在你的生活中,还有那么一点可以任性的资本,还有那么一点追求公平正义的可能或假象。

台北女孩小补充:

连着三篇文章,其实都只是想表达我对大陆社会百态的理解。

我到北京后的很多时刻,都被迫长大。要想想以后的生活、薪水,不能再老是玩玩玩……找工作时,写论文时,看着豆瓣上北京租房的帖子时,都会让我很烦躁。

这些是半年多前写的了,已经忘记自己当初的心情是什么。貌似是那时刚看完一部大陆剧《婆婆来了》,在讲北京女孩与农村穷小伙的故事,一时有感而发。

近年来,好多好多台湾年轻人和大陆年轻人一样,对社会的现实越来越不平衡。对于台湾财团赚钱,青年人的薪水却始终没有涨幅而怨恨政府。

另一方面，面对越来越强大的大陆，面对国际社会的残酷现实，年轻人和政客用抗议、用名为自由的砍刀，一刀刀砍着已经四分五裂的小岛。

半年了，偶像剧一样浪漫，台湾社会却越来越愤恨不平。许多年轻人越来越认清现实，也越来越不甘心。

大陆了不起啊？钱多了不起啊？很多人在"非死不可"上吼。

每次我听到这些话，都很想敲那些人的脑袋——今天你对我不理不睬，明天我让你高攀不起，看看牛逼烘烘的马云！

某朋友说，你被大陆同化了，你不了解。我揍了他一拳。

我怎么不了解？

毕业后我到上海工作，看着台商变成苦苦求生的台流；听着大陆同事笑说："台湾真是不怎样了，都到大陆工作了。"

我怎么不了解？

我怎么会不了解大家的焦虑？

但，正因为如此，更不能把力气花在批斗和政治口水上啊。没有真材实料，吼再大声也于事无补。

擦擦眼泪，洗洗伤口，你比我好是你牛，但有一天我也可以做得很好。

希望我们都还有这么一点小小的抱负，对于未来，对于台湾，对于两岸，能怀有这么一点美好的理想。

14 关于"吵架"这门学问

北京是一个挺热闹的城市,可能是压力大可能是北方人的坦率,陌生人因为一点屁事吵架在北京似乎挺常见。

刚到北京一个礼拜,我就见识了两场吵架场面。

第一次是在公交车站,貌似有人插队了,一个老大爷和另一个老大哥开始争吵。你没看咱在这儿排着队呢、插什么队啊、有没有素质啊……

第二次也是在公交车上,貌似一个大妈被一个大爷推了一下,又吵起来。哎你推什么推、我在这儿站好好的,碍到你了吗、什么素质啊……

在国贸附近实习时,最期待的娱乐就是吵架,高峰时期一周可以看三次。通常是一个人撞到另一个人、一个人的报纸挡到另一个人看iPad、一个人看iPad时没长眼打到另一个人的头、一个人被另一个人推挤……

开头都会是——

A:哎你干嘛呢！有没有素质啊！

B:怕推挤？怕推挤就别来搭地铁啊！

A:什么素质！真是……

B:什么什么素质？说谁呢你！(←就是说你啊！)

更激烈一点的,会说"你傻×啊！"

然后,对方一定会不甘示弱:"你、才、是、傻、×！"

看过快十场吵架,我归纳一下"北京吵架之观后感"。

首先,特爱说"素质"这两个字。大陆人老骂台湾人只会拿素质说事,但……当大陆朋友吵架时,还是常拿素质说事！

"什么素质啊！""有没有素质啊！"是我最常听到的！

"你说谁没素质呢？！"被骂的那方通常会这样反驳(←不就是说你吗？)。

其次,骂人的词丢过来再丢回去,反复数次。

"你傻×！""你才傻×！""你全家都傻×！""你才全家傻×！大傻×！"

"你没素质。""你说谁没素质呢你？！""就说你！他妈没素质的！""你才他妈没素质！"

好可爱。

再次，如果是在街上，常常会有围观者。常常是越围越多人，然后会有劝和的、有隔岸观火的、有些先到者还会跟后到者解释剧情的来龙去脉（有时还会有AB两种版本）。

有些人明明就是倒数第二个才到的，却可以跟最后一个到的解释故事概要："我告诉你啊，就是那个人说自己排在前面，但那个大叔说自己才是先来的……"讲得活灵活现，好像命案现场的目击者一样。

最后，在北京，通常（在双方没喝酒）的正常情况下，只吵不打。

第一次看见双方吵架时，我越看越紧张，怎么两人音量都这么大又互不相让。

一旁的大叔看我紧张，优哉游哉地说："放心不会打起来的，大家都是吵吵就结束了。"

"是吗？"我挺紧张，在台北，这种程度的吵架就会有人报警了。

不到十分钟，吵架的两人虽然还在嚷嚷，但显然已经降温了，最后通常各回各家、各找各妈。

显然，在北京的大陆朋友虽然嗓门大、好争，但还是秉持君子动口不动手的好原则。

不过，为什么老是爱为一些小屁事吵架呢？

个人认为，台湾的风气和大陆的风气有一点不太一样。

在台湾，多数人是先道歉。

不管有错没错,先"不好意思"准没错。

比方你撞到个人,你跟对方道歉时对方也会跟你道歉。道歉不是指四十五度鞠躬,而是跟对方点个头,再说"不好意思",对方也会对你点个头,然后交流结束。

在台湾,道歉是礼貌性的。不一定先道歉就先有错,反正一句"不好意思"也不用钱。甚至有时被害者还要跟加害者"不好意思"!(这点非常莫名其妙)比方明明是你被插队,还要跟插队者不好意思一下。"不好意思,是我先来的耶……(无辜脸)"

如果双方态度都好,自然不会吵架。

假设一个情景剧:

在人挤人的地铁上,你不小心踩到一个穿着闪亮亮皮鞋的神经暴发户,这时暴发户破口大骂:"你干嘛呢你!这双鞋×××元!"

这时你会——?

A.你凶啥呢你!

B.什么×××元我看是动物园!

C.揍他!

D.不好意思。

我可以依照成长经验告诉你,很多台湾人都会是"不好意思不好意思不好意思"。台湾人的言语暴力常常是在网络上,现实中往往客气得很。

而在北京,争吵的原因常常是因为太过有骨气!一方态度不好,另一方就更不好,你来我往过好几招。

另一个原因,就是因为在北京好像"先道歉就先输",太爱面子!

如果你到台北,看到陌生人在马路上大声争吵?恭喜你,你挺幸运的!正常情况(意思是Pub外头喝醉酒的傻子除外),台北是个吵架很少见的地方。

很少,但不是没有。

有时候,危险程度还会比北京高。

在台北,小纷争时常会发生在马路上。台湾人很奇怪,平时客客气气,但骑车、开车上路后就像被保罗·沃克附身,非要学《速度与激情》那样乱钻乱飙。

最平常的小纷争是满街跑的摩托车没长眼,从你身旁"咻"地蹿过去。你会很火地"靠!"一下,有时对方会回一句"靠杀小啊,干!"然后……

没有然后,就结束了。

街头上的小纷争通常三言两语可以解决,如果解决不了那就比较麻烦了。

看过电影《艋舺》的人就知道,台湾有一种势力,叫帮派。(听说他们不会称自己是帮派,而是"企业"。比方"××帮"就是"××企业"……听起来是不是很高大上?)

有几点台湾游守则,旅游书里可不会提醒你,大家一定要谨记,或是抄起来放包包随身携带:

1.不要大声说话、喇叭请小心使用:

台湾人是神经纤细的海岛人民,大声说话、开车随意按喇叭基本上都会被视为不礼貌,甚至是"你想找我吵架"的行为。在北京按喇叭是沟通,在台北按喇叭是挑衅,如非必要请不要使用!

如果碰到混混流氓人家是懒得跟你吵,而是默默下车,一把开山刀就砍上来了。你永远不知道自己惹到谁,对吧?

2.除了开车外,在台北街头走路时撞到别人记得、千万要说句"补好意湿"(装外国腔比较会被原谅):

在北京走路撞人没什么,在台北人与人的碰撞是很失礼的,若人品不佳撞到黑社会大哥,该大哥又正好心情不佳,可能就会有悲伤结局。

3.如果和人吵架,要做好"祖宗十八代会被媒体挖出来"的准备:

看过台湾新闻的朋友就知道,台湾是个岛内无小事、岛外无大事的美好小岛。所以猫猫狗狗打架、邻居老王偷情、哪家餐厅的鸡腿超好吃,以及在中正路口某某和某某争吵……这些事情会在新闻上轮流播报二十四小时。

所以"北京式"的吵架放在台湾是红色警告等级,轻的话没事,中等级的可能有人报警,会被带去和警察伯伯喝杯茶,严重的话可能会被拍照、然后当新闻题材。

"根据路人说法,双方争执不下的原因是×××,其中一位是台湾人,另一位是观光客。据本台了解,该位观光客从××地来,这是他第一次来台湾,职业是×××,住在×××旅馆,预计在台湾玩一个礼拜,两天前才刚去基隆吃海鲜……"

如果不想吵到一半被带去警局,或是接受SNG车采访……就乖乖闭嘴吧!

15 泥好老外

有认真看过我每篇文章的好孩子都知道我去五道口的次数远多于去图书馆,有事没事就去那里"动次动次"一下,顺便讨个免费的啤酒喝。不过就在上上周,混迹五道口一年的我才真正体会到,当个棕毛、黄毛、黑毛,不管什么毛色的老外都真正好。

五道口有数家夜店,有些还是同一个老板,每逢周三是open bar,也就是付门票后可以尽情喝呀喝的好日子,以我常去的某知名夜店为例,女生付个二三十元就可以进去,男生就很可怜地比较贵了。

重点是,我前头的老外,他、他他他连一元都不用出!

"靠,这家店的老板是外国人?"小气鬼病老爱发作的我很不爽。

"是中国人啊。"大陆朋友很淡定。

我不是台妹

台妹的对应词是台客，什么是台客？

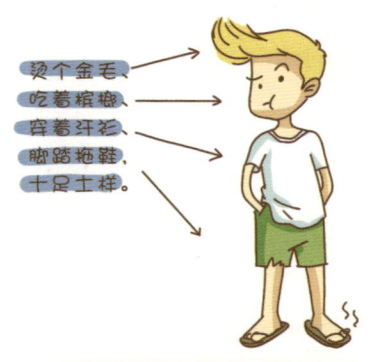

烫个金毛
吃着槟榔
穿着汗衫
脚踏拖鞋
十足土样。

所以，台妹自然不是什么赞美。
在台湾，别这样叫台湾女孩，不然容易被……

不准这样叫我！

啊……
你到底想怎样嘛？

叫我正妹！你懂不懂！

"厚此薄彼,胳膊肘往外弯!"(原文是:那家伙脑袋被门板夹了吗?在此我美化了,证明我也是会用成语的!)

"正常啊,你不是也爱看外国帅哥?"

"我爱看杰森斯坦森没错,但他和我们一样要付钱啊!这是不平等条约嘛!"

"没办法。"朋友从头到尾都很淡定。我的大陆朋友不会像我一样不开心到直接走人,反而会挖苦自己,哎呀,咱中国男人有钱呗。

这样的潜规则还不会写在墙上,但大家都知道也默认如此,真让我挺意外的。

再看看我爱去的另一家知名夜店,礼拜天"凭国际学生证"可以免费入场加免费酒票……也就是这可不是任何学生证都行喔,你必须是外国学生!

我的大陆同学常说"因为你是台湾人所以怎样怎样"……每次我总会尴尬一笑就过去了。现在回想起当时在夜店我还直接指着前头的外国人问:"为什么他不用付门票钱我要付?"真不知道当时那位外国兄弟的心情如何?

撇开不平等条约,我是很喜欢五道口的。这里什么人都有,我喜欢在咖啡店里听到老美读论语、听到不明国籍的老外谈两岸关系,或是在夜店欣赏一堆印度小哥跳宝莱坞、偷听北京帅哥搭讪俄罗斯美女。

身为常被笑发音不标准的台湾人,我更喜欢看老外们讲着不流利的"泥好,倾问这哥多绍钱?"或是面对不会英文的店员急得满头大汗的样子,让被英文摧残数年的我有种报复的变态快感。

在北京的外国人有一个明显不同于在台北外国人的特质——许多人会非常识时务地把"Hey, how are you"转成"泥好",在台北的外国人通常不会如此。

这篇谈谈我在两个不同城市碰到的外国人,也纪念一下陪伴我快两年的五道口吧。

很久很久以前……其实也就是不到十年前的事,在我幼儿园到国小三四年级那时候吧,台湾还真没什么外国人。在我小小年纪时只要看到老外走过去,就会像现在的台北人看到熊猫团团圆圆在活动一样很兴奋。

"妈,有外国人耶!"小屁孩通常会用手指头指。

"不要乱指别人,没礼貌!"我妈通常会"啪"地打掉我的手。

我不知道大陆朋友的情况如何,但台湾很早就受到美国文化影响,从我有记忆起我们就会过圣诞节,从国小起,爸妈、老师和同学会互赠圣诞礼物、看篮球赛。

我相信很多台湾朋友像我一样，很小就"认识"美国了——说是认识，因为西方国家中我们也只知道美国！那时我以为圣诞老公公是从美国来的，看到金色头发的人就是美国人（后者这个现象到现在还是有）！

相较于现在许多台湾年轻一代对移民美国没啥兴致，更没有什么幻想。但在我小时候，还听过不少"谁谁谁去读书后就移民美国了，真好"的说法。人人都说那里多进步多好，有超人、蝙蝠侠，还有像雨伞一样大的冰淇淋、超大盘薯条（这种流言一定是麦当劳的阴谋），现在想想当然很蠢，这就是时代变迁啊！

不过，在我看过几次我自以为"来自很先进国家"的"美国人"后，内心浮现出很多问号——人人都说美国进步，怎么这些美国人老是穿着破烂短裤、背心和拖鞋趴趴走？（直到很后来很后来，我才发现，出国穿得越破烂的人通常来自越先进的国家）

国小四年级后我被送去英语补习班，我才知道原来"金发的"不等于"美国人"，知道了还有加拿大和英国。虽然在我眼里这两个国家弱爆了，没有内裤穿在外头的超人和把内裤套在头上的蝙蝠侠。

忘记是什么时候开始，台北的外国人越来越多，不止金毛的还有棕毛、黑毛、红毛，也忘记是从什么时候开始，我们学会划分外国人——东南亚国家是外来劳工，日本人就是日本人，韩国人就是讨厌的韩国人,"老外"是"除了东亚及东南亚以外"的外国人。

我更忘记我们许多人是从什么时候开始,学会偏见及歧视,学会狭义的种族主义。越南的外籍新娘就是穷人买的,许多台湾人也买乌克兰姑娘,但她们不会是被"另眼相看"的外籍新娘。

他们都是"老外",但很多人对待不同种老外的态度常常不同。因为现实是——白老外较容易被有礼对待,黑老外又是另一回事。

这点,到北京后我发现真是两岸皆然。这是华人的个性、东亚的地域性、还是全人类的通病呢?

到北京后,我对待老外的方式也不同。在台湾时,我对他们一律用很破的英文,在这里我养成了碰到老外说中文的习惯。

这些在台湾总是开口闭口说英文的老外们,在北京倒是踢到铁板。因为非常多小摊贩及服务员不会英文,所以他们至少会说四句中文——

"泥好(你好),这哥(这个),一哥(一个),谢谢。"

在大学校园里更是常听到一群外国口音谈论打算在这里找工作、做生意的种种规划,我想没有什么比这更能说明中国大陆在世界市场的重要性。

多亏了大国崛起,多亏了世界市场,多亏了国际化的北京,多亏了越来越多聚集在这里的老外,我听到了许多公平与不公平。

阿尔及利亚友人无奈地说,你知道我被拒载的频率比白人朋友和中国朋友高许多。

美国朋友得意扬扬地说,你知道如果你是外国人,去报案时警察会比较积极。

大陆帅哥非常不满地说,你知道在夜店我们把妹输给白人就算了,连黑人都输!

保安大叔坦率地告诉我,不好意思啊,外国人才不收门票钱,中国人都要收。

大陆朋友非常平静地说,你知道不管港澳台还是老外,在大陆都活得比较容易。

或许种族主义真的是人的劣根性,或许学习平等对人真的很难。或许我在别人眼中也是既得利益者,或许我说很多话都被视为矫情。

但没差,当个矫情的贱人也挺好。

真正希望,下次回到五道口时,不管是外国人中国人还是火星人,都可以付同样的门票钱,或是同样免费。

台北女孩小补充：

　　后来，毕业旅行我去了一趟雅加达，印度尼西亚首都。人们对于金发碧眼的追逐，对于白皮肤华人的眼红，让我深切体会：崇洋媚外，只是想到更好的地方生活。

　　你很白呀，华人吧？有钱吧？商场的服务员问我。

　　因为在过去，欧美、洋人，是好生活的代名词。白皮肤，也成为亚洲社会追逐的目标。

　　后来我到了上海，传说中非常崇洋媚外的地方。

　　不过……个人经验，嗯，也就那样吧。

　　如果你是好莱坞帅哥、金发型男，如果你穿着体面、看起来像从时尚杂志走出来，或许大家会趋之若鹜。

　　现实是很残酷的。富裕的环境，或许渐渐改变了传统"崇洋媚外"的情况。

　　"好多老外都很穷的，别看那些穿着体面的人，很多都是屌丝，教英文的。"女生朋友不屑地说，"还有，那个秃头了，那个大个肚子，还好意思穿西装？"

　　从台北到上海，从台湾到大陆甚至全世界，华人似乎越来越像了，干杯！

16 亲爱的小姐们

本篇起源于一张"包小姐"的名片。

话说回来,"包小姐"在我到北京不久就有所耳闻,但始终像江湖传言只闻其声不见其人。曾和一位台湾朋友吃饭,聊起这个话题,朋友说他到北京很久很久之后才知道"包小姐"是代表什么,原先他只觉得奇怪——这位包小姐人缘真好,怎么到哪里都有她?

某日在天桥上行走,终于看到地上有一张"包小姐"的名片。

哇塞,真有耶!

回宿舍后很高兴地告诉室友,原来"包小姐"真的存在!室友淡淡地说,很多啊,真没见识。

我对"包小姐"没更多概念,只是单纯地想,"包小姐"比起那些在夜总会应付好多客人的小姐,有没有比较轻松呢?还是也觉得很累很累?

尽管我的一位外国友人告诉过我，他家邻居就是特殊行业的小姐，门缝里还时不时会出现按摩院广告。但我总觉得北京是一个太过"干净"的城市，至少表面上如此。因此那张"包小姐"的名片给了我一点奇怪的开心感，原来在北京，这些"小姐们"还真存活着。

谈起小姐，我对北京可有意见了。食色性也，我总想拜见一下风花雪月的场所。以前曾听过天上人间的大名，后来据说不开了。我真没看过北京有什么夜总会，之前曾缠着一位北京友人问相关问题，北京友人淡淡丢两句："你这傻子，在大陆很多事要有门路的。"

真对不住，我没门路。

但干嘛这么躲躲藏藏的？毕竟英国连续剧《应召女郎的秘密日记》里说得好，一个城市没有色情行业，就像没有厕所一样。

跳脱北京，我另外两位台商朋友慷慨告诉我从前在东莞的事迹。其中一个说，全世界的夜总会都一样啊，东莞不过就是有上百个小姐，眼都挑花了。另一位说，现场还有人穿牛仔裤上班，太夸张了，真不喜欢（→这句八成是骗人的）。

好吧，相对于北京的躲躲藏藏、神神秘秘，台北的可就公开多了。虽然我没去过北京的天上人间，但谈起台北的夜总会，个人有一点点小道消息可分享。

话说夜总会在台湾叫作"酒店",说起最知名的酒店莫过于台中金钱豹酒店(名字是不是挺眼熟的?),就大刺刺坐落在台中市区。外观很大气,里头很奢华,小姐很美丽,消费很昂贵。

在台北市中山区林森北路附近,有无数间酒店,还会大刺刺地挂出招牌"金×""龙×",周围各大大小小会馆、KTV、按摩院无数,许多大酒店可是有分等级的(在此感谢当初在台湾时那些和我聊天的苦主们提供消息,但下面此消息为2012年前的资料,仅供参考!)。

台北许多酒店可以简单分成三级:

最低等级的叫制服店,据说价钱不高服务又好,在经济不景气的时代提供"俗又大碗"的服务,因此生意颇佳。制服店顾名思义就是店家提供制服,个人曾经看过一次所谓的"制服"——简单来说,就是比基尼呗!

此外,制服店的服务据说是百百款,至于哪百百款……我哪知道!有兴趣的请去自由行体验!

再高一级的叫作礼服店,对女孩子的身材、样貌都有挑选,顾名思义当然就是穿小礼服,服务据说也没有制服店那么"划算"。不过女孩子较漂亮,是谈生意的好场所。不过由于近年经济不景气,有些礼服店生意不好做,渐渐朝制服店靠拢。

最高等级的,叫作便服店,也就是小姐们自己穿自己想穿的。

不过想混便服店可难了,据说不只脸蛋身材要能比得过模特儿,还要会讲话、有知识谈吐,衣着要有个人特色又不失高贵美丽,不然——老板们何苦不去较便宜的店,要来花大钱呢?

有人举手发问,台北女孩你真去过吗?

其实对台湾男人而言,上酒店其实不是什么新奇事,我的朋友还去那里庆祝二十六岁生日,就当作是迟到的成年礼吧。对上班族而言,去酒店更顺理成章了,女朋友还不能干涉,因为——我去应酬嘛!

好个应酬!多亏了这个正当理由,毕业后当秘书的我死缠烂打,终于让老板带我去了一次酒店。

一行八人只有我一个是女孩子,男人来酒店通常会避免带女孩子来,毕竟会被笑"老婆管很严哈?还跟来!"但第一次踏进夜晚世界的我兴奋地眨着小小的眼睛四处看,只差没拿手机拍照。

那家店就是"据说"小姐长相参差不齐,但服务好价格好的制服酒店,但当那些"素质不怎样"的小姐们鱼贯而入时,喝进嘴里的水差点没喷出来——

看看那些细腰、大白腿,看看那些甜甜的笑,看看那些精致的妆和靓丽的容貌!是谁说这叫"素质不齐"的?还让不让我们平凡女孩活了?

果然,钱好难赚啊!长这么漂亮还要被一群臭男人打量来考虑去,甚至还有人说"那个太老了"……哪里老?!看起来只比当时二十三岁的我大个三四岁!

真是个残酷的世界!

那家据说是颇知名的酒店,小姐们大概也就二十来位吧,统一穿着银色的比基尼。酒店冷气强,我穿着外套,看看在我身旁只穿比基尼的女孩子,觉得她们好强。

可能是我在场的缘故,没有想象中"哎呀,王董,不要这样——"的剧情,顶多就是牵手、抱抱、吃水果。和身旁的女孩聊天,她说她是某某大学的,那是不错的大学啊!

"在这里,什么大学生都有,包括你想象得到的高等学府学生。"

可能因为我是女生,那位美女明显比较愿意聊。"你知道我上班时,最讨厌被问到什么问题吗?"

我摇头,她宣布答案——"就是'你为什么要做这行'?当然是为了钱啊!"

"对啊,真是个烂问题!"我点头附和。

或许,在这个世界人都很寂寞。多数时间是她讲,我听。她想存钱、想去国外读书、想怎样怎样,我认真地听那些半真半假的虚实故事。

聊到一半,主管凑过来,嘿,你明天早上还要上班吧,先走!

察觉气氛有异,进公司半年学会看脸色的我拎着包包走出包厢。

服务生小弟好心地多和我聊两句。他说,被赶出来了吼?接下来是有节目的,女生在里头就麻烦了。

真可惜,我没看到节目是什么,但我想一定很"精彩"吧。

在台北生活二十几年,那是我第一次从酒店出来,在晚上十点站在林森北路。

那里真得很漂亮。警车出租车一辆辆经过,警车是去临检有没有毒品的,出租车是载小姐、载客人、载那些喝醉又坚持自己在谈生意的人。一整条街灯火灿烂,身旁一群日本人和一些小姐讲着日文。这年头酒店也讲求国际化,据说有些店有日韩小姐,只是贵一点。

转个弯,在一些较隐秘的地方,还有不少男公关店,只是开业时间更晚。对我而言,这时间最好的去处,就是去日式料理店,比如林森北路附近有些深夜的日式料理店,有间还是日本老板开的。价格不太亲民,但味道真的不错。

这就是我知道的林森北路,台北晚上最热闹的地方。许多大酒店小酒店,美发店服装店,一堆男人女人来来去去。这里的美就是无序中有序。酒店继续营业,警察继续临检,客人继续喝酒,小姐继续赔笑,各司其职。

不知道那位想存钱、想出国读书的女孩子,最后有没有成功离开这条充满霓虹灯招牌的街道?

到北京后,少了林森北路的冠冕堂皇,多了隐秘。

外国友人说,没看过这里的特殊行业?那是你不懂而已。

我们来到王府井附近的大饭店,有不少老外进进出出。朋友很熟练地指着不远处的两个女孩子,你看看那就是特殊行业的!

为什么啊?我还是不懂。

很简单,一般女孩子找外国男生讲话时,都会很不好意思地一直笑,互相推来推去;但如果是小姐们,通常会很有自信地走过去,跟你借支烟,然后坐到你身旁,一切是那么有目的(我常觉得北京的老外真强,不只很会在秀水大厦杀价,看事情也有自己的一套)。

朋友们最常教训我的,就是"不要把事情想得太简单"。这是大陆,人口和土地一样复杂,光是北京,就有很多很多你搞不懂的事情。在这个大城市要多些心眼、眼光放远,一件看似单纯的事常常另有隐情。

我对大陆好多潜规则仍不明白,但不论如何,希望东莞那些小姐们能"转型成功"。

17 关于"地域之争"这回事

为什么我会迷上豆瓣呢？

是因为用豆瓣不久后就看到一个帖子，是万年不变有关北京人和外地人之争的月经帖，但对于豆瓣菜鸟而言这是非常有吸引力的。

很不好意思地透露，个人在豆瓣最爱看的内容就是大陆的"地域之争"，看北京人和外地人吵架、北京人和上海人吵架、上海人和外地人吵架……比台湾的论坛有趣多了！虽然是挺无聊的，但当初这些吵架还是让我了解了大陆的小小小……部分风土民情（理由挺光明正大，其实就是爱看别人吵架。）。

地域之争每个地方都会有，包含面积小小小小的台湾。这篇在聊我对大陆"地域之争"的看法前，先介绍一下台湾的地域之争。

我是台北出生、老家在澎湖,澎湖可是盛产海产的风水宝地,比台湾还海岛的小岛,所以在澎湖住过几年的我不像是地道台北小孩,多了一点海岛人民的味道(也就是野孩子)!

小时第一次体会到地域差距的残酷,是当时刚从澎湖回台北的我总是自诩澎湖人,但是对一堆台北孩子介绍澎湖时(那个年代的澎湖观光不发达),他们总会困惑地问你"欸——所以你家是渔村吗?"

"不是啊。"

"为什么呢?澎湖人不是都只会捕鱼?"

还记得有一次我因为这样还跟男同学吵到哭。"才不是呢!澎湖不是只有捕鱼,我们还有乌贼、螃蟹、海胆!!!"一边哭一边讲还一边奏那个男生。小时候的我还真是逻辑混乱。

地域偏见真可怕,好像新疆人就该卖切糕,澎湖人就该去捕鱼!

国中、高中的朋友也多数是台北人,但他们老家可能会在彰化、高雄等中南部地区,我们那时对中南部的正面印象就是人很热情、一碗八宝冰五块钱、有很多地主等。

但也少不了负面印象。台北孩子容易对"除台北地方以外"的台湾地区产生距离感,认为其他地方比较……不发达(我避免用"落后"这两个字)。至于台湾东部很多地道台北小孩对它真的没概念,只知道东部地区是"帮我们挡台风"的好帮手,山猪很多可以骑山猪上学等乱七八糟的概念。

不过,到了大学后,同学来自五湖四海,南北差距一下缩短了很多。我才知道中南部同学也常抱怨台北人冷得像冰、没有地理概念(背不出台湾从北到南的县市),以及为什么台北车站这么容易迷路!

台湾的地域之争最常发生在"台北与其他南部地区"。网络上很经典的吵架就是"台北人可以把台北划分出去当成台北国"以及"台北人就是天龙人!"

什么是天龙人?请见漫画《航海王》,就是一种自以为很尊贵的人种啦。

在台湾,当"南北战争"爆发时,常常是台北人被追着打,台湾也只有台北人是"天龙人",台北是"天龙国",总觉得台北挺容易被讨厌的(台北人很容易被骂,其他地方的人都没事,真不公平!)。

不过,连台北都会划分成"台北"和"新北市",也就是台北市和台北县。新北市长期被笑是台北郊区,但当台北人被骂时,新北市人民往往可以轻松分辩:"我们不是天龙人喔,'他们台北市'才是讨厌的天龙人。"

光是台湾这样的弹丸之地都有这些差距,何况是地大物博的大陆呢?

到大陆前,我对大陆的地域之争就是北京和外地之争,以及北京和上海之争,反正就是划分成"北京、上海和其他大陆地区"。

等到大陆后,才发现这些地域纠纷比想象中有趣多了。

到北京后,我被科普的第一个知识,就是"新疆人卖切糕"的故事。学校门口常有大大的、香香的栗子糕,每次我想买总被朋友拖走,告诉我一堆"一小片就卖几十元"的惨案。

不只对新疆人有意见,对河南人也有意见,觉得那里多小偷、骗子。还有人对东北人有意见,认为东北人粗鲁霸道,而广东人太精明,浙江人炒房价,上海人太小气,北京人自以为是,香港人?不可理喻!

个人觉得大陆最有趣的是,在网络上,一点鸡毛蒜皮的事也可以分成北京外地,然后爆发大战。比方一个人在地铁上吵闹,被另一个人制止了。如果其中一个人的口音有北京腔,优酷下方就会有人开始讨论:

"嗯——听这个口音,那个制止的人是北京人。"

"很多外地人就是傻×!"

"你才傻×,你个北京傻×!"

"是是北京人傻×,您别来北京!"

"这样都可以扯到北京外地,有够无聊!"(←这句一定会有

人讲）

　　这样的模式还可以套用在香港人和大陆人争吵、上海人和非上海人争吵，真是万用公式。

　　太有趣了！

　　对于只会"天龙人怎样怎样"的台湾，这样等级的吵才是"吵"嘛！（←这种看热闹心态很讨厌我知道。）

　　不过，大陆的地域之争比台湾的严肃多了。台湾是小孩子斗嘴，大陆是……大人的面子问题！比方香港人和内地人的争吵，到最后往往就是面子比里子重要。

　　对于一个连安徽在哪里都不太清楚的地理笨蛋而言，也只能就自己经验表达一下个人感言。

　　北京和上海之争纯属无聊，我很讨厌大陆论坛的其中一点，就是总有人爱把两个完全不相关的事物拿来比较。

　　比较北京上海、上海首尔、上海台北、上海香港、台北上海、台北香港……纯属无聊！重点是真有很多人爱这样比较，这是我在大陆最烦的问题（以后另开一篇讲）。

　　至于很争议、不管是网络还是周刊都常出现的，就是北京人和外地人，以及香港人和大陆人的纠纷了。

　　这两者性质都很像——北京人骂外地人没素质、香港人骂大陆人没素质、大陆人骂香港人自以为是、外地人骂北京人自以为是……骂来骂去、讨厌来讨厌去,吵到最后就和两岸问题一样,双方都觉得自己委屈。

突然想起我在台湾碰到的在美华侨,他们某些人总觉得自己和其他华人不一样。为什么?"因为你们只想要我们的绿卡。"

就和大陆人去香港生孩子,许多人想要北京户口一样。

大家会向往自己认为美好的地方,不管是香港人、台湾人,还是大陆人。

我们会往"我们觉得比较好"的地方移动,但是当我们身为"他人眼里比较好的地方"的人时,又不希望别人来这里打扰我们。

这是发展不均的结果,本来就很正常。

但却因为这样把别人打上标签,甚至忘了自己在别人眼里也是"讨人厌的某一方",人性的奇怪之处就是无法谅解别人。

内行人看门道,外行人看热闹。本篇是我在看热闹的同时,写下一点小小的体悟而已。

台北女孩小补充:

有人问过,台北户口有没有比较好?

小小的台湾没有什么好不好,大家大同小异,所以像大陆一样向往北京户口的这种情况自然不太常见。

大陆人在国外随地上厕所,大陆客在台湾不守规矩……

2014年的"十一"假期,我在家修稿子,"非死不可"上的台湾人对大陆人的敌意越来越深。

大陆人真没素质!包含我,很多人都说过这样的话吧。

真是有够笨,素质怎是这样子用的?

素质可以是对别人的一个笑脸,可以是一份友善,就算你讨厌大陆人,我讨厌香港人,他讨厌台湾人。

待在大陆的时间越来越久,我发现自己越来越不喜欢台湾人说"大陆人真没素质",每次听到总会下意识地说"那只是少数人啦……"

朋友说,哇,你好"大陆"。

我不知道我是不是已经很"大陆"了,但我从这里收获许多友善、许多美好回忆……我只是不想辜负而已。

18 有人收盘子耶！

人老就爱说当年勇,学生快毕业就爱说"想当初,我刚进学校时怎样怎样"……总而言之,当你开始细说从前,就代表——恭喜你,你成熟(老)了!

最近和几个台湾朋友聊到刚进入北京的校园时,自己碰到的文化冲击。

文化冲击,依照台北女孩的简单说法,就是刚到北京这个新环境后,自己碰到觉得很"靠杯"、很惊吓,或是意想不到的事情。

酒酣耳热后,可爱的同学们纷纷贡献了几则"刚到大陆读书时,那些很冲击的事儿":

冲击案例一:

"想当初我到学校不到一礼拜吧,有一次和香港朋友去买咖啡,看见一个人倒在那,不知是昏了还是怎样。我们没人敢动她,同学叫了救护车,还是我们校医院的救护车。结果,救护车五十分钟后才到,我和朋友及一些围观同学就站在那里一边等,一边担心等车来了她可能也不行了……在那一刹那,我发誓,我以后过马路绝对要很小心!绝对不能被车撞!"

突然发现,地小真好,至少救护车可以来得比较快!

冲击案例二:

"人家都说咱们学校湖边会有文人雅士在读书,某天我一早七点奔去湖畔,看见一个长发披肩的柔弱女子在和疑似是她男朋友的人吵架。我看女孩子又瘦又弱还被骂哭了,就见义勇为冲上前去骂那个男生:'你怎么可以欺负女孩子?!'结果那个女孩子猛地用力推了我一把,指着我破口大骂'谁准你骂我男朋友的?!!'"

还好这家伙没有留下阴影,后来还交了可爱的大陆女友,恩爱又甜蜜。

冲击案例三:

"不是很多人会在地铁车厢门关起前三秒跳进车厢里吗?我一直觉得那很像武侠片,挺炫的。有一次我和朋友去三里屯喝了点小酒,回学校时,地铁车厢就这样在我们面前准备关上。我朋友三步并作两步灵巧跳上去，我正准备跟上时身旁的大叔一把抓住我，我只能眼看车子在我面前缓缓开动、朋友的身影离我渐渐远去。还没反应过来大叔用一口标准北京腔把我臭骂一顿'小姑娘命不要了吗？被门夹坏脑袋怎么办?!'我之前总觉得北京这城市很冷，那时才发现其实也挺有爱的。这算是文化冲击吗？"

好像不算，不过这故事很可爱，所以我也写出来了。

其实文化冲击不过就像水土不服拉肚子，烦个两天抱怨一下，严重程度因个人而异。终究，愿意留在这里的，只有适应这个地方的人。

能待下去并且开心的，也只有喜欢这个地方的人。

到北京后，大部分冲击的事情我之前都写了，包括澡堂、食物等大小事，早就不要脸地在豆瓣和这里公之于众。不过，有一件刚入学时让我感到挺不可思议的事，直到最近才拿出来和朋友讨论。

那件事就是——在学校食堂，有人收盘子耶！

先介绍一下台湾学校的食堂，由于本人也只吃过三所，所以就介绍我自己母校的食堂吧。

本校不同食堂会有不同特产，其中一个以菠萝面包出名，还有一间的松饼美味无比。食堂有些是学校自营有些是从外部招商，最多的就是自助餐，就是各种菜摆在那里学生自己夹，另外就是面饭等大众食物。再来就是有些食堂全是从外部招进来的厂商，那就有日式料理、韩式料理、意大利面等食物。

另外，很多学校会有自己出名的食物，会吸引很多校外人士购买。比方台湾大学就有出产自家的新鲜牛奶，每天早上推出就被抢购一空。本校出名的就是冰淇淋，由校内同学自己制作，声名远播。在感恩节、圣诞节时，本校特定餐厅还会很洋气地推出感恩节大餐、圣诞节大餐，一份套餐一百人民币左右，餐点都是校内相关科系同学自己设计和制作。

学校里的餐厅都是现金交易，没有像大陆有些学校可以刷学生卡这么酷。学校食堂从早上一直开到晚上，中间无休，所以不管你下午两点还是四点想吃饭都行。

讲了这么多好话，当然也讲讲坏话。每个学校食堂都有自己的秘辛，以本校来讲，某间食堂就以肮脏闻名，据说勺子不洗干净花枝羹里会有鱼骨头，不过还是很多学生慕名前去吃，因为——老子倒要看看有多脏！

看过《中华小厨师》这部动画片的就会知道，大反派叫"暗黑料理界"，很多学校的食堂也有这种"暗黑料理"。在我那个年代本校的暗黑食物有"夹了玻璃屑的水饺""里头一定会有不明黑色油渍的汤面"，甚至某间学校还有"暗黑小火锅"，据说是厨房剩下的烂菜叶和过期肉倒进去调味一下。这些就像是鬼故事，都是据说某某某的朋友的朋友吃到,然后流传下来。

所谓家花不如野花香,校内食堂总不如外头美味。因此本校同学中午用餐几乎个个朝外头跑,学校过条马路就是热闹的食街,便宜美味的食物应有尽有,本校中午用餐时间一个半小时,同学们总是呼朋引伴往外冲。这种崇洋媚外的精神不是本校独有,另一位不同校的朋友说他大学四年从没进过食堂,那是给非人类吃的食物。

直到去了北京,我才正式开始餐餐往食堂跑的生活。

之前我很骄傲地告诉朋友,我对食堂有自己的研究。

本校食堂开到晚上八点,如果你在晚上七点四十到五十冲进食堂,师傅给你的分量会特别多,多到你拿不动!

"这不是基本常识?"我朋友很冷地吐槽。

好吧,原来大家都知道,那谈谈其他的。

遥想当年开学没多久,和一票朋友去食堂吃了一顿饱饭,酒足饭饱后拿着托盘去回收处,在厨余桶旁边竟然会有两个人专门接过学生的盘子、把剩菜倒进厨余桶。学生要做的,就只是把筷子丢到另一个桶子里就一切OK。

倒剩菜,再把盘子、筷子分别放好,这两个简单的动作为什么要有人专门做?学生为什么不自己做呢?干嘛雇两个人做这么简单的傻动作？

这是件小事，但对我来讲真有不小的冲击。

以前在台湾读大学时，食堂连擦餐厅桌子的阿姨都非常少出现，所以吃完饭后桌子要自己收拾好，弄脏自己擦，厨余回收当然自己做。我听过更命苦的同学表示，她的学校更狠，连扫厕所的阿姨都很少出现，厕所旁就放着马桶刷，弄脏自己刷！这让她严重怀疑自己交的学费跑哪去了……

相比之下，我就读的北京学校好太多，有不断冒出来的清洁婆婆，有专门打菜的师傅，有专门倒厨余的小哥，分工细致。虽然很省时间，但我总是在心里像个老太婆一样碎碎念：这样太溺爱这群孩子了……应该教教孩子们自己清洁吧……反正以后结婚了厨房也要自己扫啊……都是别人帮忙他们怎么会知道"维护食堂环境"是很重要的事呢……

再看看麦当劳吧，不管大人孩子吃完后也不必收拾，由工作人员处理，我的心底又再碎碎念：垃圾桶不就在旁边而已，真是的……

对不起，我还真像个讨人厌的老妈子。

终于，某次和一个大陆朋友吃饭时，我逮着机会滔滔不绝了一番，完全有种"我可以当教育顾问了"的感觉。

我朋友摇头，你个蠢孩子，你知道每天有多少人在食堂进进出出吗？

"我知道啊,但不过是自己倒一下厨余而已,挺快的!"

"以你的学校的人潮来讲,二十分钟厨余桶就会满了,那些厨余让学生自己倒?"

"呃……再……再找人倒呗……"气势上我完全弱掉了。

"还有,你知道我们快餐店的价格里就含有清洁费吗?"

"不……不知道……"我已经羞愧得躲到桌子底下去了。

很多时候如果你没有开口问,你永远只能抱着"这真奇怪啊"的想法。

很多时候你开口问了,你才会明白看似奇怪的行为背后,都有自己的一套逻辑。

来大陆快两年,总是犯些低级错误、思想简单的我,也有了些小小的改变。很多当初觉得很冲击的事,现在好像有点道理;很多当初很讨厌的事,现在不过是有点讨厌。

台湾和大陆的立场非常有趣,在台湾居住的大陆人以及在大陆居住的台湾人常会面临两面不是人的情况。

许多时候的两岸争执,我的台湾朋友总开玩笑,你现在可是"亲中派",小心说话!

我不知道自己到底有没有比较"亲中",也不知道"亲中"的定义是什么。我只能说,我对北京的感觉还真像从前和前男友相处时的感觉。

相处久了缺点总是比优点多,但许多缺点还是挡不住对他的一点点感情。

有时想念有时讨厌,有时很爱他有时会觉得见鬼了。

见面时常相看两相烦,不见时又会记起他的好。

我很珍惜来到北京后的一次次冲击,珍惜每一次的"原来这是热水瓶""原来这就是传说中的切糕""哇,有人帮忙收盘子",珍惜每一次从错愕不解到"原来如此"的心情。

这一切都给了我重新睁大眼,好好看世界的机会。

19 亲爱的运将大哥

话说到北京后,碰到各行各业的人不胜枚举,有些让我惊喜,有些让我非常害怕打交道。有些职业我认为应该很普通,结果发现他牛得很!

到北京后给我第一大震撼教育的,就是出租车师傅。

在台湾,出租车师傅称"运将"或是"司机"。在台北路上的"小黄"也就是出租车,出租车会和楼下的"7·11"一样多,从来没有拦不到"小黄"的问题。

台北的运将大哥都非常热情,基本上非常好聊天,从天气工作经济去哪里玩聊到马英九。台北的运将非常爱聊政治,我活了二十几年从没碰过一个"不爱聊政治"的大哥。

不过,聊政治要聊得有诀窍,而且要像对待老板一样多个心眼。很多大哥一开始会很心机地说"哎哟,投给谁都一样,没有特别偏好啦——"等到后来,你才会发现一切是放屁。

如果这年有大选,那十个运将里有十一个会想聊政治,顺便想刺探敌情(看看乘客里支持哪一党的人比较多)。如果你是跟我一样爱跟运将大哥聊天,又想安全到达目的地的人,记得一定要投其所好。

很多运将的言谈间会不经意地透露出"我很爱聊政治,快跟我聊吧"的暗示。基本上如果他三两句就开始谈到"日子难过、官员无能",那他百分之八十是想找人谈谈。

常会碰到的情况一般有两种:

第一种,非常没心机的师傅,一开始就会先透露出自己的立场。比方:

——唉,最近真的日子很难过,完全不知道台湾未来怎么办喔……

——真的吼(可以先随便说点废话敷衍)?

——幸好今年就要选举了——对吧(眼神会瞟向你,透露着无限期待)?

——是啊,幸好幸好——大哥您觉得选谁比较好(确认他想聊后,你可以直接问)?

——当然是要选朱××啊!你看那个苏××能看吗?!

第二种,就是他想聊政治,但他不想先透露自己的立场,这种人就很心机鬼。比方:

——最近日子不好过哈(先打探)?

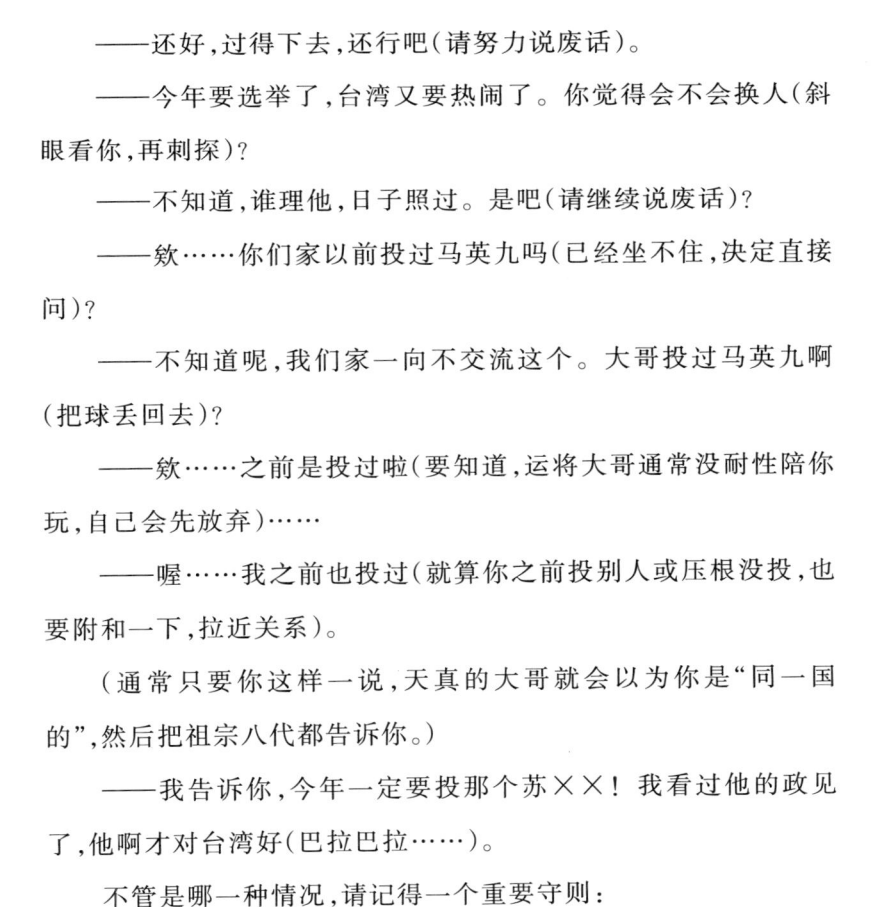

——还好,过得下去,还行吧(请努力说废话)。

——今年要选举了,台湾又要热闹了。你觉得会不会换人(斜眼看你,再刺探)?

——不知道,谁理他,日子照过。是吧(请继续说废话)?

——欸……你们家以前投过马英九吗(已经坐不住,决定直接问)?

——不知道呢,我们家一向不交流这个。大哥投过马英九啊(把球丢回去)?

——欸……之前是投过啦(要知道,运将大哥通常没耐性陪你玩,自己会先放弃)……

——喔……我之前也投过(就算你之前投别人或压根没投,也要附和一下,拉近关系)。

(通常只要你这样一说,天真的大哥就会以为你是"同一国的",然后把祖宗八代都告诉你。)

——我告诉你,今年一定要投那个苏××!我看过他的政见了,他啊才对台湾好(巴拉巴拉……)。

不管是哪一种情况,请记得一个重要守则:

在得知运将大哥的政治立场之前,千千万万不能先透露自己的政治立场。

本人的一个朋友在大选年时就是和司机讨论政治,无意间讲出自己比较想投某党,结果该大妈(对,是个运将大妈)正好是另一党的忠实支持者,气得到路边一停叫他付钱滚下车。幸好我的朋友也不是省油的灯,一通电话打到出租车公司客诉,最后大妈道歉了事。

但,何必这么麻烦,闹得双方不愉快呢?

2011年年底时我在工作,全台笼罩在选举的气氛中,那时我因为工作关系常必须打车。常常刚从A车跳下来后,二十分钟后又要跳上B车,刚骂完马英九就要批斗蔡英文。但一切辛苦都有代价。

跟师傅聊政治的好处是,你会听到很多新鲜的八卦。那阵子我听过某某大牌"立委"去夜总会喝酒的故事、某党的某议员去了什么酒店开房间……比八卦杂志还精彩。

除了政治外,台湾坐出租车会碰到的怪现象也多。

比方很多车上会有小电视,内容有卡拉OK甚至是色情片。曾听朋友碰过有运将在路边看色情片,看到客人上车了,想赶快关掉,哪知小电视故障,两人就这样大眼瞪小眼。最后运将还自以为幽默地拍拍他:"哈哈,我们都是男人,没事没事。"

如果碰到女客人,又发生同样糗事,该大哥就可能吃上官司了(还真有运将大哥因为这样吃上官司)。

另外,还有些会开着卡拉OK,沿路大声高歌。

不过,随着台湾交通法规越来越严格,这些怪现象可能很少存在了。

神一样的快递大哥

快递大哥脾气阴晴不定，短信内容也不固定。

客气指数：5颗星

你的包裹到南门，请在六点半前来取货。

客气指数：3颗星

南门有包裹，
六点半前取货，
六点半后我就走了。

客气指数：1颗星

南门有包裹，
一点前来取货。

客气指数：0颗星

圣旨
XX快递，南门，
包裹，一点前。

台湾游不成文守则三种

有几点台湾游守则,旅游书里可不会提醒你,大家一定要谨记,或是抄起来放包包随身携带:

1. 不要大声说话,喇叭请小心使用。

2. 除了开车外,在台北街头走路时撞到别人,记得千万要说句"补好意思"。

3. 如果和人吵架,要做好"祖宗十八代会被媒体挖出来"的打算。

大陆某游客没礼貌

文明旅游,台湾欢迎你!

和北京相反的是，台北的出租车空车率很高，因为地铁公交车舒适发达，加上人没那么多，而且出租车价格高。不过，若大陆朋友到台北，诚心认为至少搭趟出租车，因为没有人比这些热情的运将大哥们更懂台湾的社会百态了。

到北京后，出租车师傅给我的冲击可不小。

先讲讲我个人碰到的、比较不习惯的几点：

第一，出租车竟然会拒载！

相较台北一辆辆空车，在北京打不到车就算了，有些还会拒载。比方我要换班啦、我要下班啦、那里太远我不去、那里太近我不去、更牛的手一摇就"咻"地开走。

好牛啊！我常觉得北京出租车师傅太牛，可以拽拽地不甩人。

某一个凄风苦雨的夜晚，我站在晚风中孤零零地招手，第一台不走了，第二台忽视我，到了第三台停下，里面的师傅仍面有难色，我说出了我这辈子最没节操的一句话——

师傅，求您载我吧，我给您跪了！

我当然没有给他跪，该大叔扑哧一笑：行吧，上来吧，服了你了！

每当跟朋友提起这件事（对，我就是很厚脸皮的人），每个人都骂我（台湾朋友：你也太可爱了吧；大陆朋友：没出息），不过……在下雨又湿又凉我还自以为美地穿了一双高跟鞋、拿着两个购物袋的夜晚……

什么节操,都算了吧!

第二,就是师傅还不认路!

北京的出租车大叔多数是北京人,但偶尔还真会碰到根本不知道怎么走的师傅,偏偏在我还是菜鸟一枚时常碰到这类"我不知道,您带路吧"的师傅。

台湾的出租车多数会配一台GPS,所以不会有这种情况。我总认为师傅应该是最懂路的,所以常常没好气地回两句"连你都不知道,我怎么会知道路啊!"

师傅:"啊,那我去问问。"

我:"不用了,我下车吧。"

师傅:"没事,我问问。"

我:"不用,我下车。"

有人一定会问:为什么你不开百度地图,让他跟着走就行了?

因为,我的网费缴很少,网速慢得像乌龟(何况,我真不甘心把钱交给这种不熟识路的师傅,总觉得很奇怪。)!

第三,居然出租车也有山寨的!

我一直觉得北京正规的出租车很安全有保障,这也是事实。

偏偏有种出租车,外观看不出来,但跳表跳得很奇怪,一下二元一下二点五元,如果不盯着跳表器是不会发现的。偏偏我什么专长没有,唯一的专长就是很小气,一上车就会盯着跳表器,每跳一下心就跟着痛一下。

当我发现跳表器很怪时,很不爱和人吵架如我者还是开口了:

"师傅,你的跳表器有问题!"

"哪儿有问题?话别乱说。"

"为什么一下子从十四跳到十七?"

"我哪知道?你问表啊!"(←直到现在我还是觉得这句话很贱)

"表又不会说话,我当然问你啊!"

结果?我当然输了,不到二十元的车费乖乖付了二十五元。

尽管如此,我依然很喜欢在北京搭出租车。以下讲讲北京出租车的美好:

简单来说,北京的师傅比较不会搞花样。

所谓搞花样包括:唱歌、盘问你的祖宗十八代、玩头文字D。

首先,台北的出租车师傅真的是很爱学《速度与激情》,常觉得自己是保罗·沃克,只差没在街头甩尾,一坐上去常常有玩云霄飞车之感。常常需要GPS提醒"前有测速照相"才会慢下来,等过了照相后继续"咻"地往前冲!

北京可能是因为车多开不快,或是师傅比较守规则,跟台北比起来个人感觉算温和。

再来,台北的出租车师傅真有台湾人的热情,一上车常常从小狗、小猫、天气、经济、政治,沿路闲扯个没完没了。甚至有真性情的大哥会展现自己的歌喉,或是抱怨自己的老婆、孩子、丈母娘。北京的师傅除非你开口跟他聊天,不然常常一声不吭,专心听广播,或是用滴滴打车抢客人。更别说唱歌唱曲的,才不搞"娱乐大众"这一套。

最后,台北和北京的师傅还是有一样共同点:聊"台湾"政治!

我曾经做过一个无聊的小测试。

如果师傅问:"您是哪里人?"

"福建。"

"喔——"喔完后,常常一片静默。

但,如果我回答"台湾",那就有的聊了。

十个有八个会立刻问:"你是蓝是绿?""你看不看海峡两岸?""我觉得那陈××真是差劲——""我觉得马××做得不错——""你们'立院'打架真热闹啊——""那你2016要投谁啊——应该不会投民×党吧?"

师傅,2016还早,您现在就急着拉票了吗?!

20 亲爱的，谢谢你没有毒死我

回过头看看我写的那些文章，很少是有关校园的，想起我的校园生活就是室友、烤串、五道口。最近我最喜欢的某位室友找了一个亲爱的男朋友，两人很甜蜜让我看了很火大，为了庆（报）祝（复），这篇就写写她的事情吧。

她是河南人，典型通过"物竞天择"而奋斗上研究生的好学生。

她是我第一个深交的大陆人，也是教我最多的人。这家伙喜欢韩寒、柴静、听民谣、拿着单反拍照，写到这里大家应该知道她是什么风格的。

自己在北京的第一个晚上，吃完晚餐又看完优酷后突然觉得很恐慌。我是个二十三年都活在台北的女生，依赖心重，突然莫名地想家又想哭。但这个室友年纪该死得小，1991年出生，在比自己小的人面前说"我好想家喔"还挂两泡眼泪感觉很蠢。

"你不想家吗?"我问。

"不会啊,我高中就离开爸妈,习惯了。"

"那你多久回家一次?"

"半年吧。"她淡淡地说。

半年!我突然想到我读大学时的台中朋友,台中到台北坐火车两小时,这家伙两周就跑回家一次,还常碎碎念:"我好想家喔离家好远喔……"

对多数台湾孩子来讲,半年回家一次是出国念书"时差党"的特权,都在同一国就感觉隔三岔五就该跑回家。当然,那时地理很菜的我根本没想到"北京到新疆也是同国,但要坐三天火车"这回事。

"怎么了,你想家?"

"哪有!"我把两泡眼泪默默吞回去。

这个子小小的河南女孩符合许多我对大陆年轻人的印象——勤奋、好学、聪明有主见。简单地说,就是和我完全相反。

她的书架上是一大沓传播理论和刘瑜,我的是一堆旅行散文和张小娴;她上课可以滔滔不绝一串理论,我在桌上奋笔疾书画乌龟;她可以临时赶出一份漂亮的报告,我两个礼拜前就写好的报告还是一塌糊涂;她选导师的标准是人脉大牌看未来,我选导师的标准是可以浑水摸鱼不干活;她遇到一些不顺心顶多抱怨几下,本人是豆瓣加微信加诉苦弄得人尽皆知；她的周末休闲活动是摄影和打鼓，我是五道口喝酒和看帅哥；她的未来规划是公务员，我的未来规划是未知数。

她对朋友大方，活脱脱就是北方豪放妞儿，酒菜点一桌，结账时轻松"今天我请，明天你再请，没事"；而我秉持着台湾人抠门……不，是精打细算的美德，每餐饭都会坚持和朋友AA；朋友向她借钱不还她还会忘记，但如果有朋友欠我钱我会诅咒她到天荒地老；她去商场买衣服我则是动物园和淘宝一件四十。我常常在想，我们的爸妈同为公务员，同为台湾和大陆的"中产阶级"，只隔了一个海峡，怎么养出的小孩金钱观差距这么大。

她这个死瘦子可以穿任何衣服都好看，本人要想尽办法遮住小腹和蝴蝶袖。唯一可以赢她的就是可以穿爆乳装气她：看吧这就是本钱，可惜你没有！

很多事情我会第一个问她，进行无脑的吵架或讨论，比方到底俄罗斯怎么念比较好听（台湾常发音成"饿罗斯"），"法国"念几声比较对（台湾念四声），比方为什么要到美国产子，比方马英九和奥巴马谁比较帅。

你喜欢一个地方的理由取决于一开始到那个地方、你碰到的人，我一直很庆幸我是在学校里展开我的北京生活，更庆幸室友可以包容我百无禁忌的谈话内容。

她教我的、最重要的事，就是"什么是真正的包容"。

一年多前，第一天见到她，身后跟着一堆亲戚，而我身边只带了我爸妈两个门神，气势整个就输了。这家伙矮小纤瘦长得好可爱，对比出本人的高壮，外表又输了。

所以第一时间，我讨厌她。

不过后来一切安顿好后，我们进行了一次很无脑的对话，让我对她另眼相看。

"听说台湾人到上海都说是出国？"她说。

"很多人都是啊。"我淡然道。

"也不觉得自己是中国人？"

"很多人是啊。"我继续淡然。

"也不觉得自己是中国的一部分？"

"很多人是啊。"我还是很淡然。

"喔，了解。"

结束。

后来我碰到更多更多人，许多人问过我很多相似的问题，我明白某些人，甚至是多数人都无法包容我没经过"政治修正"的答案，但是当初她什么话都没说。

她并没有跳起来，对我谆谆教诲："凭什么不觉得自己是中国人？你们祖先不是从这里过去的吗？数典忘祖！"

这是许多人会做的事,但她只说了一句:"喔,了解。"

很多台湾人说大陆没有民主,但这个大陆九零后教会我什么叫民主素养——就算不赞同,也懂得尊重别人。

许多人不明白的是,真正可以改变人心的,不是那些两岸一家的政治诉求,也不是那些"你不认同我你就可以滚蛋"的冷硬言论,而是对别人的倾听和包容。

就算聊天内容千奇百怪,从民生到政治到台湾社会,我的室友从没有反驳我,没有教训我,没有告诉我"身为一个台湾人你在祖国就应该怎样怎样"的教条。她唯一做的,就是在我发表不同意见时,静静听,听完后告诉我另一种声音。

她从没有试图改变我,但她真正改变了我对好多事情的想法。

就像很多老套言论里的,温柔和爱最有力量。

我是个小肚鸡肠的人,这可能是我学过最受用的事。

还记得研一上学期时,我对班上同学竟然有八成都是党员感到震惊。那时的我看见同学们批判政府毫不留情,怎的一回神发现大家都是党员?

后来我才知道,对新闻相关专业来讲,这只是找工作的入场券。

河南室友是一位理想主义的人,有时感觉她有些太理想与不切实际。或许这是许多九零后的可爱之处,总有些梦想冲劲,想亲手改变一些事。

后来我们都在汲汲营营找工作,有些同学像无头苍蝇一样忙得不可开交,却一无所获。她考公务员差几分,每天家里人都打电话名为关心实为催促。找工作是苦,但更苦的或许是听家人唠叨"你看看某某某的儿子考上银行,你快叫某某叔叔推荐工作"。

这学期我发现,上政治课就睡觉、不喜欢党课不入党的她,最终也和班上九成同学的选择一样。

我突然想起某位大陆朋友说的话——很多北大学生讨厌体制内。但等他们毕业了、工作了,他们也会选择进入体制内,变成自己曾经不喜欢的人。

这几句话听着有点难过,好像小时候你觉得大人很讨厌,长大后也会变成讨厌的大人。

但我不这么觉得,我始终不是悲观主义。

或许有些现实因素,有时他们会低头或无感,但我没忘记在课堂上、在相处时,在很多很多我们一起交流的时刻,这些大陆同学是多么有主见,多么爱着这块土地,多么想把它变得更好。

亲爱的室友,你不会知道,你对我的影响多重要。一句善意的话可以改变一个人的心,让他学会不去无谓争执,就像你当初那句无心的"喔，了解"。

亲爱的室友，我相信你会成为很棒的"体制内"。或许一开始很苦很烦，但你一定不要忘记当初在校园时，那个满怀理想的自己。

最后，亲爱的室友，谢谢你在这个号称人心不古、妖孽尽出的时代，没有毒死我，也很尊重我，就算我们如此不一样。

21 山西告诉我的几件事

山西我有较深的记忆,因为"山西产煤,鞍山产铁"是我初中时记得最明白的大陆地理。

室友曾经去山西农村做过调查,她说你知不知道那里人吃得有多差?我问,会有人饿死吗?

她想了想,没吧,就是三餐都是面面面,白白的、糊糊的面。农村的人对我们很热情,老人送我他们自己写的书法字,还塞了钱给我。

老人家说,没事,你们是学生,更需要钱!

那些老人们,只要每个月多挣五十元,就会一个劲儿地夸国家好、自己过得真好。

室友是个光鲜靓丽的年轻九零后,口齿伶俐。但她说,我不知道自己当下的心情如何,那种感觉复杂到无法形容。

我说,我也要去山西玩。她说,那你就狂吃面吧!面面面面面!

后来我逮着机会去了趟山西,当然不是去农村,而是平遥太原。那就讲讲山西遇到的一些令人难忘的事。

第一件事:天空很蓝,快看!

"天空很蓝,快点看啊! 在山西很少出现蓝天的!"在去王家大院的路上,师傅显然心情很好。

出发前,寝室的朋友说,别被吓到了,那里的天空是黄的喔!

喔。

真的是黄的喔!

喔。

后来,在平遥的前两天,天空蓝蓝的很漂亮。

山西产煤因而致富,但也因此伤害了山西人的健康。我碰到的当地人多数都吐痰咳嗽,就算天很蓝,一到山西我也开始不舒服。

师傅感叹,煤再过几年就没有啰,现在已经比以往少了。

是呀,煤是会开发完的,但对居民的伤害是永久的。

突然觉得有点悲哀。

幸好在我伤感的时候,师傅指着天空:"看看山西的蓝天吧,这可不是常有的。"

蓝天原来很珍贵。

第二件事：原来师傅会守规矩。

到了平遥汽车站，买了一张开往太原的票，坐的车是可以容纳约二十人的小公交车。车子开动不久，师父突然停车："大家都系上安全带，每个人！"

在大陆，我一直秉持着"这里真好，没有规定后座系安全带"的想法，没想到小公交车上竟然每个座位都有安全带，师傅还说要系！

好吧，系上吧，车子摇摇晃晃，缓缓地开动。

"您已超速，请勿超过六十公里。"驾驶座的语音提醒，"您已超速，请勿超过六十公里。"

超速？我往前看，前方根本没车！车子开得完全不快！因为语音提醒，师傅也乖乖地慢下速度，如同在北京开车一样。

就这样，在空荡荡的"高速公路"上，伴随着"您已超速，请勿超过六十公里。"的语音提醒中，车子慢慢晃，终于终于晃到太原。

谁说师傅都不守规矩呢。

第三件事：你的口音有北京腔！

我自认自己的普通话算非常标准的，以台湾人而言。

在平遥和太原,我常和当地人沟通不良。常出现的对话就是——

请问清和元餐厅在哪儿?

静圆?

不不,清和元,很有名的清真餐厅。

蒸啥?

……

我不懂他们,他们也不懂我,我们彼此完全鸡同鸭讲。

从太原汽车站打车往晋祠的路上,师傅"巴拉巴拉"地讲着话,我不懂,但微笑点头。轮到我"巴拉巴拉"地讲话,师傅也不懂,但他连连称是。

他说,你从哪儿过来啊?

我说,北京。

他一拍大腿,噢,你是北京人啊?难怪你有北京腔。

难怪你有北京腔。

难怪你有北京腔。

这句话在我脑海里浮现数遍,然后,我得意地大笑了。

第四件事:很穷不代表不快乐。

我在出租车上与师傅聊天,还是同一位师傅。

每位出租车师傅都通透国家大事,从台湾到北京到山西都一样。

我问,太原住起来舒服不?

哎呀,太原物价可贵了,和一线城市差不多,但收入低,和北京比差远了!

我在太原也感觉物价不便宜,随便吃个面都要八块十块。太原人也挺辛苦的。

"是呀,辛苦啊,收入不高,物价涨得快。"师傅顿了顿,继续道,"或许穷,但不代表不快乐! 这里是我家,我习惯了。"

这是我喜欢和大陆人聊天的一点——很多人或许教育程度不高,一点也不起眼,但说出来的话会让你吃惊。

我一直觉得山西是个挺悲情的地方。某些人靠煤致富了,多数人却忍受着污染和疾病。

由于是淡季,我和许多当地人聊天,发现他们很喜欢自己的家乡,很骄傲地喜欢。我们有晋祠啊,有平遥啊,还有很多好玩的,风水宝地呢。

在台湾,许多人一张口就是抱怨。

快乐与不快乐,常常取决于自己的想法。

22 蓝天、羊肉、建筑工地

"这里最近在开发。"

"这里最近在开发。"

"这里最近也在开发。"

到底哪里没在开发啊？从机场到新区，从新区到旧区，这真是我的唯一感想。

想到内蒙古，我第一个想到在草原上手拉手、转圈圈的姑娘，一望无际的大草原……内蒙古朋友耸肩，真不好意思，因为是四月，所以没长草，你将就在市区转转吧。

没事，没有草，我就在城里四处看看吧。反正对于生长在台湾的我，大陆每个地方都新鲜。

呼和浩特，虽然我知道是个城市，但总不像一线城市那样拥挤、繁忙、冷漠，在飞机上时我就不断想象着会看到什么样的城市。一定有蓝天、白云、香香的羊肉……

来到呼和浩特后,我心目中"优哉美丽自然"的城市印象渐渐瓦解。是的,这里有蓝天白云,也有羊肉和一点点内蒙古风味,但有更多更多更多——建筑工地。

一幢幢密密麻麻的水泥高楼大厦,坐落在这个城市的各角落。朋友一一介绍,这里原本是我玩儿的地方、这里原本是我的学校、这里原本很荒凉……朋友口中的"这里",现在都是工地。

"这里的人口有这么多吗?盖这么多楼给谁住?"这是我一直的疑问。

"人口当然没这么多,反正可以盖商场、盖写字楼……"内蒙古大哥话锋一转,"现在呼市繁华多了,也是大城市,哪像以前那样……现在和北京、上海一样,有商场、高楼、电影院……"

"全世界的商场都一样,没什么好玩的,还是去看一些老地方吧,听说回民区的建筑很漂亮。"

内蒙古大哥撇撇嘴:"那里有什么好玩的?不如这里呢。"他指指外头的凯德商场。

我知道对当地人而言,这个城市的发展值得炫耀。这种自豪的表情我在大陆短短一年多看过无数次,天津、山西、北京都有。我总是配合地说,大陆的发展真是快啊,近十年的发展真让人钦佩啊云云……这是官方话,也是我的真心话。

我总是个外来者，对这里不够了解，所以更多话我说不出口。

比方，我很想说北京、上海很好，但呼和浩特只有一个。

再比方，呼和浩特很好，但才来到这里几个小时，我心目中的"内蒙古"已经渐渐褪色了。

国中时，我们开始学中国地理，通常老师的开头会是——"中国以前是一片秋海棠，现在已经变成老母鸡了。"

在我那个时代，这两句好像是所有地理老师的开头。老师会接着说，因为外蒙古独立了，所以秋海棠变老母鸡！

现在想想，完全是幼儿园的可爱教法嘛！但当时十四岁的我们对外蒙古与内蒙古的认知就是"那是啥"和"那又是啥"。

我的国中地理老师跑遍大陆大江南北，印象很深的一段是她絮絮叨叨地讲自己在草原上旅游的经验，她说蒙古奶茶是咸的，蒙古包其实没有很难闻，蒙古人热情云云。后来我迷上了一部电视剧，优酷上还可以找到，叫作《孝庄秘史》，那时的马景涛还俊帅有型，而宁静演的大玉儿美翻了！

"姊，科尔沁在哪里？"看电视剧时，地理成绩常常吊车尾的我呆呆地问。

"蒙古啦！"我姊白了我一眼。

我们这批八零末的台湾年轻人，家里有两个小孩的占多数。

但几家里有两个孩子的,都会有一个笨蛋一个优等生。我当之无愧地属于前者。

从此以后,"那是啥"的蒙古成为"大玉儿与多尔衮转圈圈"的美丽草原。我不知道台湾有多少年轻人像我这样爱看古装剧,但从国小到高中我就是靠着一部部连续剧渐渐认识大陆的。

国中时候脑海中的内蒙古,高中时候脑海中的大陆,不到十年完全不一样了。

我的台湾朋友说,2002年时她到北京读大学,2006年,毕业后去了英国,2008年,再度回到北京工作。短短几年,陌生得让她不认识。

内蒙古朋友也说,这才几年啊,呼和浩特变了这么多。民族商场附近和西单好像,华联商场和电影院林立,这里什么时候多了这么多楼?

而我的家乡呢?台北倒是没什么感觉,但我小时候在澎湖长大。那时海水超级蓝,随时可以捉到螃蟹。那时澎湖观光业不发达,居民收入当然没有台北好,但也自得其乐。近年澎湖积极发展观光业,我朋友给我看照片,说澎湖的海好蓝啊!

这哪里蓝?我小时候的海才美呢!

或许我们都很复杂,一方面高兴家乡的人过得好了、钱赚多了,一方面又感叹:"这哪里好呀?像我们小时候……"

命运很奇妙,我没想到第一次来到内蒙古,不是去草原转圈,而是在市区里瞎转。

短短几天,塞了一肚子的涮羊肉、咸咸的蒙古奶茶,去了大昭寺,感叹了"唉!呼市消费真不便宜"后,跳上车开往机场。

开车的是朋友的亲戚,属于少数民族。内蒙古大哥很爽朗,沿途说话没停,从昆明案一路讲到大陆社会弊病。虽然台湾人老爱批评大陆人,但提到口才都会给大陆人按四个赞!真能说!

内蒙古大哥和他媳妇都是公务员,两个人加起来声称收入六千(灰色收入?我瞎说的),有一个孩子。内蒙古大哥算给我听,奶粉一个月两千、尿布也要一千、怎么可能不靠父母买车买房?尽管生活压力大,但还是买了一辆入门级奔驰。

为什么收入六千还要买奔驰?我低声问我朋友。

面子。

好吧,幸亏内蒙古大哥的父母经济状况良好。

离开市区前,内蒙古大哥指着眼前又一排正在盖的高楼,以前一平方米两千、现在一平方米卖到五千、好地段甚至可以到一万。

我笑笑:大陆嘛,永远不缺有钱人。

在广西南宁工作的台湾朋友捎来消息:南宁现在高楼林立呢,因为东盟怎样怎样……后面那段我忘记了,我只是看着高楼,想到天津北京哪里都有,香港更多,密密麻麻,感觉人都透不过气。

大家都自豪,看看这里多繁华。

大家都感叹,哎呀!房价、物价这么贵。

我知道,建设二三线城市很重要,我也知道发展很重要。我只是单纯的观光客,希望呼和浩特就是呼和浩特。

永远有蓝蓝的天,矮矮的房子,香香的羊肉,咸咸的奶茶,高高兴兴的笑容。

23 咱们没文化,但实在!

"什么?"

这两个字,是我在青岛说最多的一句话。

我认识青岛的时间很短,我听说过青岛啤酒,但对青岛没有任何概念。直到来到大陆,身旁的朋友提起青岛,都是又夸又赞。

青岛有我所喜欢的一切,啤酒、海鲜、欧式建筑。我朋友说,那里海鲜又便宜又好吃,还有最好喝的原浆啤酒和德国建筑,从研一开始我就心心念念。

我要去青岛,这句话我从研一开始挂在嘴上,前几日才真正实现。冲出火车站后,我迫不及待跳上出租车。师傅笑眯眯地开口了——

然后我唯一能回的话就是"什么?"

就好像是第一次去天津一样,面对热情的天津师傅我只能从头"什么什么"到尾,不然就是傻笑,假装我听得懂。

幸好,青岛口音还是比天津口音好懂一些。后来我可以勉强听出"皮纠"是啤酒,几个字几个字凑合在一起,也可以回个几句话。

"哟,你是台湾人啊?我从没遇到过台湾人哪,你们怎么不来青岛玩呢?"师傅顿了顿,真心赞叹。"你这台湾人讲普通话倒讲得很好,哪像香港人啊!"

我发现,非常多大陆人以为台湾人不会说普通话……以往我会认真纠正——师傅台湾人是讲普通话的,许多年轻人连闽南语都不大会讲,和无辜的香港人不同……不过这次我抬起头,很骄傲地冷哼:"当然,我们台湾人讲普通话可标准了,哪像香港人啊!"

都说青岛海鲜有名,确认好住宿后的第一件事,就是冲到市场去吃海鲜。我拿出白富美在法国LV的气势,这个那个还有那个,包起来,煮着吃!再来一盘清蒸蛤蜊、一杯啤酒!

一"盆"蛤蜊"咚"地送上桌,老板笑眯眯地说,尽量吃啊!

一"盆"蛤蜊十五!在台湾,这盆蛤蜊在热炒店可以做上五盘!

我很失态地尖叫:"老板你为啥给我这么多!"

"多还不好啊!"老板觉得我很难伺候。

到北京后,我对于北方人的食量一直很赞叹。平时在学校吃食堂,一碗面我只能吃到一半,身旁的北方姑娘看起来纤细,却可以吞掉全部!听过做旅行社的朋友说,大陆客的食量是一等一的好!

难怪"吃到饱"不太流行……在北方会吃垮老板的吧!

最后那盆蛤蜊,我还给了老板夫妇:"大叔,我是用手一个个拿的,您可以放心拿去吃。"

"谢谢啊。"大叔毫不客气地接过,真吃了。"明天再来啊!明天我给你煮少一点,但量多量少钱都一样啊!"

大叔和大婶的声音很洪亮,收钱没有一句谢谢,离开店时也没有谢谢光临。剥完一盆海鲜的我去厨房洗手,炒菜大叔挖了挖耳,数数钱,继续处理一堆菜——当然是不洗手的。突然想起许多人抱怨过大陆的服务业,不懂礼貌啦、不说谢谢啦、摆臭脸啦、不洗手啦……

但现在的我倒是不介意。这是北方人的真性情吧,人家就是不想像日本寿司师傅一样,弯腰鞠躬,阿里嘎多。人家就是这样率性嘛!

去过日本的朋友们一定对服务业印象深刻,连连称好。近几年台湾服务业彻底向日本看齐,这点当然很棒,礼多人不怪。但如果哪都一样,也丧失人在异地的乐趣了。当我接受大叔们的直肠子个性后,很多很多小细节好像也不重要了。

本来大家都不一样，何必人人都用一个标准来苛求？只要懂尊重，有心就好。

我把这个看似很牛逼的领悟和一个台湾好友分享，她说"你变了"。

变聪明了、变包容了？我很兴奋地追问。

她回了一句让我想打人的话："你变得好脏喔。"

我每到一个城市，最有兴趣的往往是该城市的房价。第一天晚上，在去喝酒的出租车上，我照例和师傅聊天。听着师傅抱怨，海边的房子一平方米要三万，一般般的也要一万多吧，要不吃不喝多久才能买房啊！

师傅说了，我没出过国，但听一些生意人说，人家欧美几年就可以买房了，收入那么高房价还没有中国贵……

师傅问，台北房价如何？我回了四个字——买不起，租！

比北京贵？师傅就像很多大陆人一样，认为天朝房价堪比月球，世界上没地方比这更贵。我回答，和北京可能差不多吧。年轻人买不起，租房就行了。

聊着聊着，师傅讲到自己的儿子，两眼露出骄傲。儿子有份好工作，他什么都不愁，只愁儿子还没讨老婆。我开玩笑，这样也好，没老婆赚钱都自己花！师傅是个典型的传统中国父母，说这哪能啊，我努力挣钱就是留着给他讨老婆。

上回一个北京朋友要替自己的妹妹买最新的苹果手机，被我像老太婆一样碎碎念了一顿——才高二就会要东要西，她以后赚的一个月薪水才够她买一只"爱疯"，真是的……

我一直对大陆父母"宠"小孩的方式不以为然。工作一辈子替孩子买房买车，一些大陆朋友收入不怎样都开好车、买名牌，这让我觉得不可思议。

师傅连连点头，是啊，养儿子真是花钱，大陆父母可辛苦了……讲着讲着，顿了顿。

"但是没关系，我很爱我儿子。"

离开的前一天下午，我决定再去吃一次海鲜。随意地挑了一家店，下午四点，没有一位客人。我特别交代，一份海贝，分量一半就好。

老板是一位大婶，因为生意冷清，隔壁店的大婶也来了，两人和我坐一桌，两双眼直勾勾地盯着我吃海贝。

左边大婶先发话："小姑娘长得真好！"

右边大婶附和："是啊，你多高？有一米七吧？皮肤白白的，真好！"

原来，长得高和皮肤白等于"长得真好"！东方社会对白皮肤一直有迷思,越白越好!

我在大陆行走的原则是,不知该聊什么就先称赞一番!到天津称赞天津美、到山西称赞山西好、到青岛称赞青岛人和善,写文章一定称赞诸位看官帅气、漂亮、有眼光!

当两位大婶知道我是台湾人后,眼睛闪出好奇的光芒。你讲话真好听,像电视一样,台湾女孩可温柔了,我没碰过台湾人呢,听说你们那儿很好玩,我一直想过去呢……大婶说了好几次,你讲话真好听!

顾虑到我常"什么"个没完,两位大婶讲话还刻意放慢速度。

大婶走到哪儿都是大婶,问问题都毫无顾忌。从你以前薪水多少,一直问到台湾和大陆哪个好。大婶们说,我们以前学到的台湾,就是要解放台湾同胞,完成祖国统一的愿望。但随即另一位大婶就跳出来纠正:那是咱们想的,人家可不这么想。我听说,很多台湾人都觉得自己是个国家?

我点头,的确很多人这样想。

大婶们愣了愣,然后就跳下一个问题。

谈话期间,大婶们可说服务周到。端茶、倒水、清垃圾、递纸巾,让只点了不到十五元菜的我一直不好意思啊、谢谢啊……

我照例称赞了几下,青岛人很好,都很热情呢!

大婶们开心极了,其中一个大婶回敬我:"听说台湾人都特有礼貌,文化程度高! 咱们啊,没什么文化,但做人实在!"

不知道为什么,最后这两句话,让我挺有感触。

"是啊,你们人特好"这句话,变得真心实意。

同时,我也努力不去想从前骂过多少次这些大妈们没素质,讨人厌。

研一时,我认识几位台湾交换生。其中一个男孩子,以身为台湾人骄傲,对大陆人也和善客气,他是典型的时下台湾年轻人。

他对于自己的政治立场非常坚持,对于许多"不爱台湾"的台湾人很不屑。

他说过,坐火车和大陆大叔大婶们聊天,最讨厌的,就是他们老是爱讲台湾同属中国云云。"老觉得好像被占便宜了一样!"他抱怨。

所以他老是忙不迭地更正大叔、大婶,捍卫自己的主权。那时的我,觉得他挺酷,也奇怪大妈们从来不与他争。

现在的我,依然觉得他挺酷。但对这件事,我却有不同感觉。上一辈的老人家们经历一段困难的历史,固有的观念也改不了,是不是真有必要去和他们口舌之争?

还是,可以开心地附和一句"大家不分彼此,都是中华民族",让他们开心一下?

从前的我会选前者,现在的我好像不一定。

当我要离开时,大婶说:"台湾同胞再见。"

我看着她质朴的笑脸,想起她刚才重复说——"等我攒够了钱,也去台湾走一趟!"

然后,我回了一句我从没想过的话——"大陆同胞再见!"

虽然是好玩成分居多,但我真没想过自己会主动说出这句话。大妈不一定会去台湾,我只是希望她记得,她碰到的第一个台湾人是很友善的"同胞"。

我是个普通的台湾年轻一代,从小讨厌大陆,没接受过大中国思想教育。

我也没想过自己有一天会这么说。

大婶笑得可开心了,眼角鱼尾纹一跳一跳的。

"你说完后,自己不会觉得怪怪的?"朋友问我。

"其实有点,觉得……自己怎么会这样说?但我觉得是一件很好的事!为什么两岸交流总要把政治放前面?人和人的交往,不是大家开心最重要?"

"嗯……"朋友看着我。

"干嘛?"

"一个大婶就把你收买了,有够没用。"朋友下了注解,"你真没当间谍的本钱,难怪大陆政府不收买你。"

青岛人讲话我始终听不懂,但我还是装作"我懂、我都明白"地微笑。

我一直记得那位大妈。

台湾的太阳花学运时,我吃惊地发现有很多人口出恶言。大陆客素质不好、破坏环境……

这时候,我总是想到青岛大妈的笑脸,很多复杂的政治议题她们都不明白。只会觉得,大家都是同胞呀,欢迎台湾同胞。

我希望自己不会忘记那份淳朴善良,就因为这样,我记忆中的青岛很美丽。

中国大妈果真是无敌的。

24 哈尔滨，二货们

哈尔滨人很大。

吓吓别想歪，我是指人高马大、脾气很大、嗓门更是大。

一下火车，冲到公交车站。一个漂亮的女孩对着男友大喊："你妈×不是叫你早点出门吗？"男友说："妈蛋，我不是只晚到十分钟吗？"

你妈×要你早点出门了啊！

他妈就晚十分钟！十分钟！

你妈×要你早点出门了啊！

他妈就晚十分钟！十分钟！

以上对话大概重复五次。和女人吵架是最蠢的，因为完全没逻辑啊！

两人的音量大概是"妈妈发现爸爸包二奶、三奶、四奶"才会出现的音量，然而路人面不改色，只有我听得张口结舌。

记一次突破底线的北京打车经验

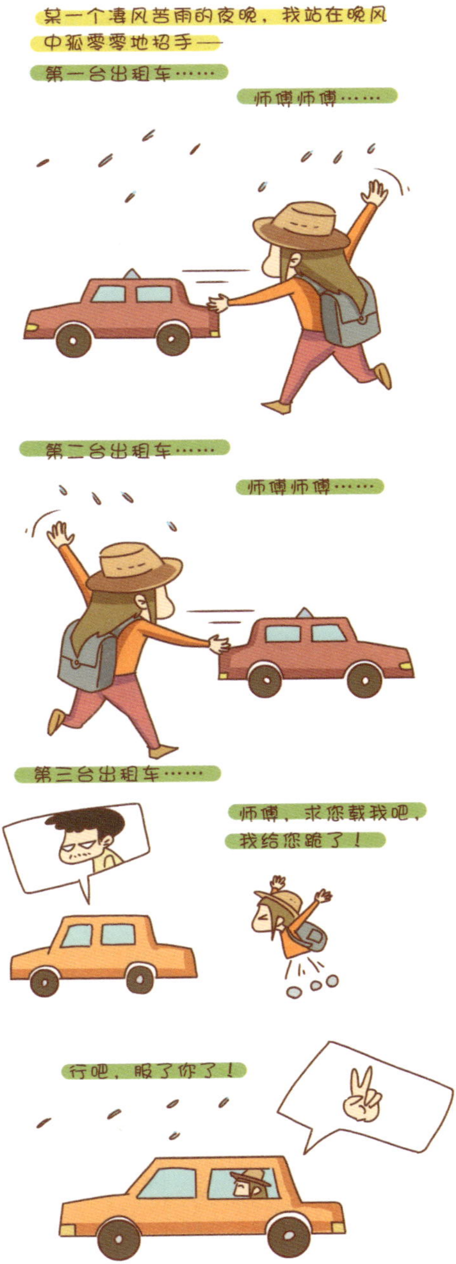

万能神曲

跟朋友赌气中……

咳咳，我在北京学会唱一首歌喔，放给你听！

《最炫民族风》……

让我用心把你留下来
——留下来！

……

吵了几句,两人牵着手离开了,我听着女孩"让你早点出门让你早点出门"的声音远去,两人的手还是牵得紧紧的。

俩神经病吧,这是我的感想。

直到跳上车,后头的小女生在讲手机:"我在车上!!就跟你说我在车上!!车上啊!!!"

原来这是正常的沟通音量。

我在青旅附近随便找了家面店。

"打卤面。"我用五成内力说。

"啥?"小哥皱眉。

"打、卤、面!"这次我用了七成内力。

"啥?"小哥继续皱眉。

"面!一份面!!!"我怒吼。

"喔,就一份面呗。"小哥写下来。

"不要加辣啊!!!"我继续吼,他面无表情。

打卤面端上来了,肉丝和很多的辣椒漂浮在稠稠的汤上。

"我不是说不要辣吗?!"我招来小哥。

小哥眨着无辜的眼睛:"你没说啊。"

靠。

到了青年旅馆,一只白色大狗摇着尾巴要你跟它玩。我放下包包,揉揉很笨的狗头。

一人一狗玩了一会儿,它猛地一张口,咬住我的裙子。很不巧,本人那天穿连衣裙,狗狗死命不放开,布料发出惨叫。

柜台离案发地点不到十公尺,我求救:"老板,你的狗咬我衣服!"

老板噼里啪啦敲着计算机键盘。

"老板,你的狗咬我衣服啊啊!!!"我用了九成九的内力。

老板没有停下来,继续打计算机。

"老板,你的狗啊啊啊啊!!!"我惨叫,衣服"嗤"地报废了。

幸好没有酿成当众裸奔的惨剧。耳背的老板终于冲过来,揍了狗一掌。狗狗汪地哭了,我也挺想哭的——新衣服啊。

老板叹气,拍拍我:"下次要早一点叫我啊。"

靠。

下午去了中央大街,咬着一根闻名遐迩的马迭尔冰棍,和路边一个大叔聊大天。我说:"据说哈尔滨很多俄罗斯美女,在哪儿啊?没瞧见。"

"很多啊!"大叔示意我等着。

继续闲话家常没多久,一个金发妹子缓缓走来,拿手机大声地讲着超级流利的中文。凭良心讲,五官真是挺漂亮的,就是身材比较接近满月。

大叔也注意到了,很大力地拍着我,毫不避讳地指着眼前距离不到三公尺的妹子。"那就是个俄罗斯妹子,不过好胖啊哈哈,有够肥的!! 所以俄罗斯人不见得就比较漂亮啊,吃太多油了吧,哈哈哈哈!"声音如雷般响亮,伴随一串洪亮的"哈哈哈哈"。

妹子脸绿了,我的脸也绿了一半。

大叔继续哈哈哈哈。

以上三件事,都是我在哈尔滨第一天发生的,百分百真人真事未改编。

耳背、大嗓门、哈哈哈哈,这是我第一天对哈尔滨人的印象。第一天晚上,我躺在青旅的床上,觉得哈尔滨人的存在就是为了衬托出我的正常。

第二天晚上,青旅的 ABCJ 先生勾搭了一个哈尔滨小哥,小哥带着我们去中央大街吃俄餐。

小哥连我的名字都没问,就完全展现出北方人的好客——要不要吃这个?吃那个?什么这样就饱了?多吃一点啊!

北方人的好客法就是把你拖到餐厅里,点一大桌子菜,吃不完没关系就怕你饿着,努力地把你塞得饱饱的。

他问我,对这里的感觉。我弱弱地说:这儿人好凶啊!

他大笑,东北人就是直肠子呢,没恶意。

到大陆后,人与人的相处其实给我一个挺大的冲击。

我在台北养成了"害怕表达"的个性,在大学时,不管是朋友还是男朋友,一点点意见不合,大家都会迁就对方。啊哈哈没什么啦、没关系啦、对对你说得对……尤其是女孩子,说话要轻声细语。

哈尔滨大哥、小哥显然都没这概念:有话就说呗,你说啥?我没听见,大声一点好呗?

所以在哈尔滨我学会的技能,就是大声喊服务员,以及大声和大妈们砍价。我在台湾二十几年来没有大声说话过,有种突破自己潜能的骄傲感。

最后一天晚上,我去买榴梿,水果摊的大妈问:你不是中国人吧?我说,呃,我是台湾人。

大妈用很大很大很大的音量说,哈哈我知道你们常常不觉得自己是中国人!

旁边的人投来关注的目光,我抱着榴梿火速逃走。

我还是无法成为东北妹子!

这篇原先贴在网络上后,很多人问:"这是真的吗?"

我说："废话！"

有人哭诉："不要黑我们大哈尔滨啦！"

嗓门大有什么不好呢？就跟本人天生小气鬼、小肚量，只有小腹大一样，就是这样子嘛！

这些很二、很可爱的人让我对哈尔滨有很可爱的记忆。

我已经不记得中央大街的景色，也有点忘记马迭尔冰棍的味道。

但这些可爱的二货们，是我最鲜明的旅途回忆。

当然，不只是二货们，还有高高帅帅的哈尔滨帅哥。

25 台湾好同伴

先隆重地介绍我某一个台湾朋友,她之前从没到过大陆,但对大陆的了解可能不输给所有在大陆的台湾人。她从国中就学会泡大陆论坛,交了一堆同样奇怪的大陆网友。在我到大陆前,她就跟我科普了很多大陆的网络用语。

她在大陆某知名文学论坛写文章,写着写着当然会被喷,但她这个人非常识时务:不要跟大陆网友吵架啦,吵不赢的——这是我到大陆前她教我的,可惜我一开始没当回事。

我从大陆回去后,她是唯一一个没问我奇怪问题的台湾友人。当我赞美她没有问类似"大陆厕所是不是都没门"或"新疆是不是都骑骆驼上学"这种蠢问题时,她很骄傲地说——废话,老娘我见得多了!

见得多个毛啊,你根本没到过大陆!

这个大陆通可能也意识到自己的底气不足,在我从哈尔滨胡吃海喝、看完帅哥回京的两天后,她也来到了北京。

这家伙来的第二天,就意识到在北京存活的困难。她很小气,完全符合大陆人对台湾人民抠门的印象。

我们一起去曼谷旅行时,为了找一家便宜了三十泰铢(约合六元人民币)的旅馆,走了一个小时。吃一碗才值几块钱,苍蝇在上空飞来飞去的米粉,也要把汤汁喝得一滴不剩——不是因为美味,是因为不肯浪费。

北京物价好贵呀,为什么吃一碗卤煮火烧要二十元!为什么吃个炸鸡要这么贵!为什么……连续好几天,每顿饭都充斥着她的惨叫声。因为卤煮要二十元,她呜呜呜地喝光很咸很咸的汤汁。

许多台湾人对牛蛙敬谢不敏,这家伙却独自去簋街干掉一锅牛蛙。问她对北京食物的印象,她说:很重口、很贵,原来这就是北京啊!

她是台湾女孩中少数的大嗓门,在故宫可以和大陆团媲美的那种。

第一次到北京的她很兴奋,我决定带她去后海转一圈。正逢端午假期,人挤人的。她一米五八的身高埋没在人群里,时不时发出一些惊天动地的言论——

"你看看前面的女生穿得好淘宝范,衣服上还有线头,淘宝十九元抢的吧!"

"你看看她穿丝袜配凉鞋,哈哈哈好笨的搭配。"

"淘宝范淘宝范,满街都是淘宝范!"

那些被品评的路人都走在我们前头约十公分处,沿途都是她响亮的哈哈声。我确定北京治安很好,大陆人民很友善,因为我们都还活着。

靠!

好不容易,这瘟神要走了。

前一天,我问她对北京感想如何。她给出几个关键词——淘宝范、丝袜配凉鞋、脏脏臭臭、贵、高大上。

贵和高大上是指那些商场,我们两人在里头只消费得起Costa咖啡,店员完全无视我俩。

最后她说:"北京很有趣。这里的人都不一样,北京涵盖了形形色色不一样的人。淘宝范、丝袜配凉鞋、脏脏臭臭、贵、高大上。这些正面负面、传统现代、富贵贫穷的印象,都在一个城市里并存着,可以看到很多、也可以想到很多。"

对了,这位二货朋友到大陆第一天就在她的微信群(里面都是她的大陆网友们)里发了这么一条:嘿,大家都穿脱了线的淘宝货,好蠢啊哈哈!

我身上的连衣裙,淘宝三十九元,线头脱落。在那一瞬间很想打死她。

我对某些大陆朋友对台湾人的包容有了更深更痛的体悟。

26 后来,上海

我当初找工作时,最不希望到上海。

我怕上海人太有钱;怕没有买LV被上海同事瞧不起;怕万一、万一上海姑娘真的都貌比周迅汤唯……

到了之后,发现,原来就是这样子啊!原来自己想了那么多,想着上海大婶用上海话骂我、想着服务员的白眼,不过都是自己吓自己。

有时我们到了一个陌生的环境、和第三个陌生人讲话后,才会发现自己之前一直表现得像个有被害妄想症的小鬼,才会放松下来笑自己蠢,到底有啥可怕的?

上海是个美丽的城市。外滩很灿烂,淮海路很繁华,时髦的漂亮妹子踩着高跟鞋,新天地有无数长相好看、西装笔挺的外国帅哥。

不过,上海是另一个故事了。先来谈谈本人找工作的过程吧。

你要在大陆工作吗？这是我去年年底被问最多的一句话。

是啊。

每次看见我点头，台湾人和大陆人会有不同的反应。台湾朋友会点头：喔，了解。

大陆朋友会疑惑，为什么啊？有什么好？

嗯，果真是距离产生美感。

开头先分享一个事实，其实台湾大学教授、报章杂志都常常有"别人家小孩"的情结。

很多人都有经验，从小家里就会"你看看某某某家小孩"的案例，以我家来讲，从小周围亲戚朋友的小孩子成绩都比我好，体育比我强、本人全身上下唯一讨喜的就是脸圆得像月饼。

但是，不会有哪个大人说，"你看看人家小孩，脸多圆啊"，所以本人从小就自卑地在"你看看某某某考了一百分"的话语中度过。

人家说自卑会变得自大，简直胡说。本人从自卑到更自卑，到现在终于明白自卑不是方法，努力赚钱去韩国整得像宋慧乔才是王道，用励志一点的话说——与其坐着自卑，不如起来奋斗！

在台湾学校里，老师也很爱拿台湾大学生和大陆大学生比，我们教授更是常常说："你们知不知道大陆学生上课多努力，都抢着坐第一排？"

"你们知不知道大陆学生多早起床看书？"

"你们知不知道大陆学生都会抢着说话?"

"你们知不知道大陆学生怎样怎样"这句话在我大学四年里简直是听得不能再够,尤其是去大陆做过演讲的教授们,往往用痛心疾首的表情审视我们这群不成才的幼苗——不过我其实没有立场说别人烦……

寒假回台湾和师妹聚餐,看见毕业一年的她还在不停换打工,居然脱口而出:"你知不知道人家大陆学生……"

讲到一半,赶紧闭嘴。

师妹接着说:做服务员很快乐,钱还比进广告公司多。她不太爱自己的专业,就喜欢招呼客人。

我到大陆之后观念难免被改变,觉得同样是不错的大学毕业生,为什么大陆的朋友都立志进一流企业,台湾的朋友却甘心端端盘子?是我们低薪?没舞台?还是……

但是,师妹很认真地说,她就是喜欢服务客人。

台湾有很可爱的一点,毕业生有人进奥美广告,有人去餐厅服务,但没有老师同学会说闲话或觉得奇怪,自己喜欢就好。

大陆同学们总是努力到更好,他们很无奈地说这是必须的。是不是因为大家都努力往前冲,大陆这几年才会突飞猛进呢?

不管如何,去年年底我也加入了找工作的大军。总是莫名其妙被人领去招聘会,然后又莫名其妙考了试,考了两场后发现什么行测题完全不会。

朋友扔来一本书:乖乖看,因为很多大企业都要考这个的!

我妈常常打电话安抚我:你还是回台湾吧。

可我不要回去!回去没有五道口,没有烤鸭、麻辣烫,没有牛蛙和小龙虾,没有高个子的北方汉子……

我讨厌大陆的食物、官僚以及在五道口的韩国人,但我人缘超差,在台湾没几个朋友,在大陆好歹十三亿人中有几个倒霉鬼会请我吃饭。

……所以,还是努力找工作吧!

很多人常说,你写有关大陆的事情往往是好话……废话!在人家地盘上,写坏话找抽吗?还是活得狗腿一点比较轻松啊。

不过,在此讲大陆一个坏话——在大陆,当面临到台湾人的相关问题时,往往连相关行政人员都不知道该如何处置。

很多人以为台湾人在大陆都会很滋润,其实不然。大陆对外国人有一套制度,对大陆人有一套制度,在大陆,台湾人不属于这两者。很多人会说港澳台,但香港、澳门和台湾完全不是同一个情况。

所以,台湾人常常面临一个三不管又模棱两可的情况。在申请奖学金、在找工作、在投保险时,常常会面临"按规则说是可以,但……"

然后就没"但"出下文了。

我是读传播相关科系的,想在大陆工作,相关出路就是几条:

一、当公务员,台湾人不行(找死吗?)。←原因不用说。

二、当记者,台湾人不行(怕你知道得太多了!)。←某台湾朋友的真实案例。

三、当编辑,台湾人不行(为什么这个不能出那个要河蟹?)。←不懂大陆出版法。

四、私企相关传播工作。

后来,我终于莫名其妙地考过了某外企"在线"的行测题(我找了聪明的室友帮忙),又过了什么性格测试题(继续猜),再考了一次英文翻译题(我再猜),然后人品爆发地过了第一次面试(其实那次面试淘汰率很低),终于进到最终面试。

在我第一次参加某大传播集团的行测题时,坐在我隔壁的考生头凑过来:嘿,等等我们分工,看你哪个部分擅长?数学还是逻辑?

不是他爱耍手段,而是在那一场考试中,该集团明白地告诉我们"大家可以分工合作",不然一百题谁写得完!

我第一次看到行测题时,我呆了。我应征的是网络编辑啊!

为什么我要算数学呢?

我痴傻地告诉该考生,我是台湾人,从没做过行测题。

他立马换位置。

这一次,我终于洋洋得意地进了终面。是团体面试,一组九个人,分成好几组,针对一个题目进行讨论。

题目是——"如果你是建筑师,你会如何修建已经毁损的圆明园?"

我没去过圆明园啊!

我这样一说,其他组员果断不理我,开始咕咕呱呱地讨论,面试官们坐在一旁仔细端详每个人的表情,我一脸茫然。

其实,从讨论过程中真的可以看出每个人的个性。有些人属于强势型,一张口滔滔不绝不给其他人讲话;有些人属于不争型,张着嘴却半句都来不及讲出口;有些人属于记录型,放弃插话乖乖把每个人的话记录下来;有些人属脑残型,整场放空,比如我。

整场面试中,强势型的人占大多数,大家争着滔滔不绝,很多人插不上话,只能张着嘴,完全就是个弱肉强食的侏罗纪公园。

公司发给每个人一张纸,说是用来记录。很不爽的我只写了几个关键字,如圆明园、3D,然后就开始在上头乱涂鸦,共计画了一只猪、一只蚊子、一坨……嗯,你懂的。

然后,面试官把纸收走了,并慈爱地表示:"你记录的东西,代表你的逻辑与想法,公司会每张看看,然后斟酌。"

干,公司真闲。这是我第一个想法。

靠,我完蛋了。这是我第二个想法。

嗯,回台湾吧。这是我第三个想法。

要说我在去年的求职季中学到了什么,唯一一个就是很复杂很复杂的感觉。

不喜欢公务员的人抢着考公职,说不用功的人私底下比谁都勤奋,不喜欢争辩的人在面试现场比谁都强势。但震惊过后就能理解。

我曾经和我朋友说,如果有能力,也希望小孩去澳洲或新西兰受教育。台湾压力太大,填鸭教育,功课不好的我吃太多苦头,不希望小孩子也这样。

朋友鄙视我,老娘河南人,你和我谈啥考试压力大!

我知道,所以你很厉害嘛!

所以,我很敬佩大陆同学的。就算压力大、就算不快乐,大家还是举杯望明月,低头啃鸭脖。

最后,录取了没?

人生是没道理的,我录取了。

只是一只猪、一只蚊子、一坨……到底让面试官看到了什么想法呢？我现在还是没明白。

后来我去了上海，在上海看到了和北京完全不同的景致。

北京像是北京大老爷，霸气粗犷，上海像是上海小姐，娇气重外貌。但是关于上海的故事，在这里就不多讲。

总要留点素材写第二集嘛！

27 两年了,亲爱的北京

7月初,我准备离开校园。和认识两年的学霸同学们举行了场告别宴会。餐厅里白酒传来传去,班上几位素日不爱说话的学霸三杯黄汤下肚后,开始胡言乱语。

"你,太容易相信别人了,国民党这样教育你们是错的!"西北帅哥痛心疾首。

另一位大哥一拍桌:"台湾妹子,如果以后谁说要往那边投导弹,我第一个跟他急!"

另一个要好的台湾同学则和大陆同学你一杯我一杯地干杯,为了两岸和平啦、中华民族啦、毕业快乐啦、庆祝室友不杀之恩啦,大家喝得乱七八糟。

真不愧是学霸们啊,喝醉了还没忘记国家大事!

在醉眼蒙眬中,我倒是还记得两年前来北京的志愿——拿个文凭找个帅哥当个美女,两年后,除了第一项外全都不及格了。

但,两年前的我一定没想到,我会舍不得离开。

这里空气脏、交通堵、人多嘈杂、地沟油、老鼠肉,平日骂个半死,但离去后想个半死。

亲爱的北京,离开你已经好几天了,在一起时,总是想着你的差,离开后,却只会念着你的好。

两年前,小菜鸟一只的台北女孩扛着两大箱行李,和父皇及母后在北京转来转去。根据饱读历代诗书的父皇旨意,紫禁城、颐和园、恭王府,必去!

还记得在紫禁城时,看见妃嫔们居住的房间像鸟笼、御花园也不那么气派,走着走着老撞到人,着实让我感慨一番——古装剧,骗人的!

北京城还真是不小,一行三人常迷路迷得团团转,父亲大人一再抱怨怎么没门牌号、为什么没有门牌号,这样怎么找路呢云云……男人总有问路恐惧症,本人只能认命地去问大妈、大叔们。

"往北走。"大妈下着棋。

"请问北边是哪边?"我赔笑。

"就那边呗。"大妈随手一比。

那就是左边呗……为什么不说左右啊?!谁知道北边是哪一

边啊!我又不是一根指南针!

这样的嘀咕持续了两年。没错,经过两年光阴,本人还是分不清东南西北。每次听到人家说北边,就会迟疑地伸出一根手指头,怯怯地指:"是……是那边?"

"那是东边。"对方无语。

两年过了,我依旧是个四处迷路的笨蛋。

两年前,我踏进校园,脑袋里回响着台湾新闻主播甜滴滴的嗓音:"大陆同学很认真噢,只会读书噢。"

入学后一周,同学说,去吃串吧!我屁颠屁颠跟去了。

入学后两周,同学说,玩桌游吧!我屁颠屁颠跟去了。

入学后一月,同学说,功课什么是浮云嘛,什么期中论文两天就写好了……好像是这样噢?又屁颠屁颠跟着一帮人喝酒去了。

直到期中,一伙人嗷嗷嗷地关在宿舍惨叫。惨叫完,期中过了,继续南门吃串、西门吃串的生活,转眼又到期末,又嗷嗷嗷地惨叫着赶完。

成绩出来后,平均八十六分,本人洋洋得意,怀疑自己疑似资优生,直到发现这成绩是全班倒数的,在计算机前忧伤了很久。

原来笨蛋与聪明人的区别,在于同样是嗷嗷嗷地惨叫,聪明人会比笨蛋多个五分。

两年过了,我依旧是个不学无术的笨蛋。

两年前,我对北京的认识,可以用几个字概括——还珠格格、奥运、天安门。后来陆陆续续认识了护国寺、南锣鼓巷、五道营胡同、芳草地和五道口。

两年间,我学了很多新知识,也有更多更多不懂或看不惯的事。

第一个学到的新知识,是在学校里吃麻辣烫时。我帅气地拿了十几根竹签,老板用筷子将竹签上的食物取下,把长长的竹签放到桶子里。

"为什么竹签都要搜集到一个桶子里啊?"我乱问。

"回收啊。"老板回答。

"回收然后统一丢掉?"我又问。

老板不理我,朋友取笑我:"回收洗洗再利用啊。"

我大惊:"不会吧?"

"对啊,就这样啊。"同学很认真地点头。

我分不清楚她是开玩笑还是认真的,直到认真观察过几次,才猜想后者可能是对的。麻辣烫好吃,别去思考竹签来源——关于吃,这是我学到的第一个知识!

不过,我还是照吃就是了。没办法,麻辣烫好吃啊!

在北京，本人最幸福的路线就是先到簋街独自干掉一锅牛蛙，然后去南锣鼓巷的某酒吧杀掉一杯百利甜冰沙，最后去五道口喝到凌晨两点。

两年了，我还是傻傻笨笨，唯一增长的只有肥圆的啤酒肚和酒量。

等等，这位同学你在北京除了烧烤小龙虾、燕京啤酒外，到底学了些什么啊？

当然有，还学了很多很多。

学会骂你妹、你大爷的、卧槽；学会字正腔圆地说话；学会把刻板印象摘掉；学会很多事情开口问，不然只能带着疑惑和偏见离开。

我看不惯地铁老是有老人甚至是孩子乞讨，也受不了五道口那些老乞丐们，但我看见有人会给那些老人买便当、面包，我看见很多讨厌但也有很多可爱。

我问过很多笨笨的问题，为什么很多人喜欢毛主席？为什么在校园里送礼风气还是平常？为什么北京街头除了乞讨者外很少看见残疾人士呢？

我学会了不说"你们怎么这样这样，我们都是那样那样"，学会了欣赏不同意见，学会去听听不同声音。

我很不学无术，但感激大陆舍友的"不杀之恩"，感激北京各色人们，傻笨的我长进了不少。

离开北京前三天，我去五道口喝了最后一次酒。像是给我的离别礼物一样，我碰到了有史以来碰过最奇葩的美国人。

他说自己是个美国士兵，曾当过海军，称赞台湾海军其实挺厉害，虽然他喝醉了，但本人还是挺爽，用两瓶青岛听了一段媲美电影情节的故事。

他是一个在伊拉克打过仗的美国大兵，看尽人间生死，回国后适应不良，产生心理问题，最终远走他乡。他说，好多士兵最终无法忘记那些残酷的日子，最终无法正常工作，甚至成为乞讨者。

我不一定相信他的话，但我相信他所说的三句话。一、政治人物总是不负责任的；二、天下没有比打仗更残酷的事；三、这酒吧楼下的麻辣烫很好吃。

他说，人能来到一个地方都是命运，他很开心自己来到中国大陆。

我也是，我很开心自己两年前的选择。

亲爱的北京，我对大陆陌生到熟悉，讨厌到又爱又恨，现在我回想着两年的种种，很多讨厌的时刻不过是芝麻绿豆的小事。

亲爱的北京，你包容了形形色色的人，不管是学霸、学渣还是喝醉的美国兵，都会在这里找到聊天的伙伴。

虽然这里没有"全家"便利店,没有很干净的空气,没有好吃的炸鸡和珍珠奶茶。

但这里有我最美好的两年校园生活,有为了说扔导弹而跟人急的小伙伴。

亲爱的北京,我还是喜欢上了这片广袤的土地。

因为我学会了在台湾时,想都不曾想过、听都没听过的好多好多事。

重要的是,我终于、终于会说儿化音了。

后来我到了上海,据说是因为对气候不适应长了满腿红包。

同事说,北京空气好脏啊!我冷笑:哪里脏?在北京,就算是雾霾天也可以跑出去玩,什么呼吸不畅从来没有体验过。

这卫护心理后来就发展到了在上海,谁批评北京我就跟谁急——或许,我上辈子是北京人吧。

和快递大哥吵架是没用的

如何辨别台湾人之小贴士

一、爱说……
"真的喔！" "真假？" "咕~是喔？"

二、很爱问……
"有吃到饱吗？" "有吃到饱吗？" "有吃到饱吗？"

三、夹脚拖everywhere！

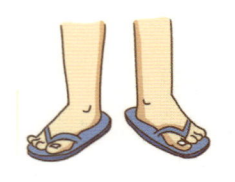

四、看到"均一价XX元"会往前冲
两元店

五、对公交车站腰敞出挥手、疑似举手动作，然后缓缓放下四处看……

六、在商场对着价格惊叹不已
¥200

28 从大陆学到的事

我是一个活了二十三年都没有离开台北的人,每一次出门都是家族旅行,在大学毕业那年,终于第一次和朋友享受了"脱离爸妈"的旅行,目的地是离台湾很近很近的曼谷。

脱离爸妈的旅行实在太棒了!尤其是曼谷这种超美妙的城市!可以用便宜的价格看成人秀、去酒吧,满街帅哥美女与你擦肩而过。曼谷行的收获就是让我体会到一件事——脱离爸妈的魔掌自己生活,实在太重要了!

幸运地在一年后我逃到北京,虽然距离台湾才三小时飞机,但至少有多彩多姿的生活!我预期自己会比刚连任领导人的马先生还要快乐,结果——

很多人问过我,你喜欢北京吗?我的回答绝对是肯定的。但那是现在,不是最开始。

对一个城市的好感取决于你一开始碰到的人,如果你碰到奇葩,你对这个城市的好感度会比现在马先生的民望调查还低。

北京给我的第一个冲击是,人们的笑容太少。去买东西时、问路时、借零钱时,人们脸上很难看到笑容,是不是北京太物质,人们已经遗忘了怎么去笑?

一开始的时候,我碰到了几件让我不愉快的事情,也因为想家。一想家就爱比较、一点小事就不开心以及永远只看缺点。

我碰到了几件"当时觉得很讨厌,现在看其实没什么"的事情。比如:

1. 一位北京朋友在和我吃饭时说:"哎,你到大陆来见见世面也好,台北整个破破旧旧的,和北京、上海没法比。"

2. 去办证件时出了点问题,被从A窗口推到B窗口,B窗口推到C窗口,C窗口再丢回A窗口,最后A窗口表示:处理的主管刚吃午饭去了,等等呗。

3. 全班同学第一次见面时,我的室友,一位从小在北京长大的台湾人,很大方地介绍我:"这位同学和我一样,从中国台湾来的。"

碰到不愉快的事情,总要找个窗口发泄。但我总不好跟大陆同学抱怨(虽然也做过,但实在挺没礼貌),班上的台湾同学都是在大陆长大的,刚来的我根本没认识几个知心的、可当垃圾桶的人选。

因此,听我抱怨最多的就是学校的校猫"霸气"。我现在明白漫画里女主角对玩偶或是动物讲话绝不是装可爱。因为动物很治愈,它也不会泄露你的秘密,可谓最佳小伙伴。

(霸气是我替校猫取的名字,因为它长得挺丑,丑得霸气!)

所以那阵子每晚八九点,我会到霸气出没的角落里,带上一根火腿肠引诱它。但由于霸气不亲人,总是很快就走掉,所以抱怨内容必须简短,比方:

"连资源回收都不懂的地方,竟然说台北落后!"

"这里的人不可爱。"

"为什么有这么多人买得起王府井的衣服?"

"大陆养这么多牛,怎么牛奶这么难喝呢?"

后来开学了,我忙得一塌糊涂;后来我认识了更多人;后来我渐渐发现这城市可爱的一面,我跟霸气维持不到一个月的友谊就断了。

我是如何喜欢上北京的?很简单,去咖啡店、去酒吧,去找住在这个城市的人聊天,这个给我很大的帮助。我听到了来自四面八方的各种声音,我开始了解这里的人文和生活。

世界很神奇,当充满抱怨时,碰到的人也都会不顺你的意。但如果先对别人微笑,世界会很爱你。

我是个不务正业的研究生,平时不怎么学习也不会去读《南方周末》那种很牛的报纸杂志,对于经济社会一概不懂。

但在北京一年多,至少我学会两件事:

第一就是把我自己不知道的一面狠狠掀开了,第二就是教会我去听不同的意见。

到大陆前,我一直觉得什么两岸问题都是政治问题,我一点也不介意。直到我听见"中国台湾"就像被刺猬刺到一样时……

直到我听见别人批评台湾就反驳:"你们大陆那么多人素质差,凭什么说我们"时……

直到很多事发生后,我才发现自己原来也那么小心眼、那么政治化、那么不能容人。幸好,我身边的大陆朋友都善良可爱。

我很幸运,在大陆两年多都是碰到好人。多数人对台湾同胞展现出非凡的包容及理解力,让我口无遮拦,让我肆无忌惮。

也让我明白世界上不只有"非死不可"和Google,不是只有BBC和CNN才是真理,很多时候,不要用欧美的眼光来看世界。

而是用自己的双眼,认真地欣赏、判断、体验。

到大陆两年多,现在的我虽然还是会因为政治新闻而恼火,害怕网友不喜欢所以不敢看文章的评论,现在的我虽然还是很玻璃心,但至少我可以很骄傲地告诉朋友——以前的我,可是一听到台湾同胞就跳起来"呸呸呸，什么同胞，好恶心"的人，现在的我至少可以心平气和地和好多好多我不认识的大陆朋友交流，听听不同意见的人想说什么。

有豆瓣网友说，刚开始认识你，觉得你还是不太说话的台北小姐，现在都变成豪放的大陆妞儿了。

到大陆后，我的确被改变了。

但改变我的，不是什么政治宣传政治标语，而是所有和我交流过的大陆百姓。

有人有文化，有人没文化，有人素质高，有人不怎样……但每张笑脸，每次对我的和善都点滴入心……

温柔，真正是可以改变人心的。

29 陆归派回台湾后

先介绍一下和本人一起在大陆读研,长相高大帅气的台湾学弟。

第一次见面时,我问他大陆食物吃得惯吗?他说:"我们北方人很习惯面食了,没事!"

北方人你妹啊!你不是在台湾长大、还当了"国军"报效"朝廷"一年?当年刚到大陆的我觉得他好怪。

这位学弟是个身份错乱的人,讲一口标准的北京腔,在台湾会被当作大陆人,在大陆会被当台湾人,第一次见面,你会以为他是韩国人。从小,人家在听周杰伦,他在听京剧、唱昆曲,活生生一个龙的传人。

他还有一颗炽热的爱台心。身材健壮当过宪兵,有人开玩笑哎呀,解放军妹子美,待遇也比较好,要不要投奔对岸?他会立刻严正拒绝,活像你逼他吞炸药。

常和台湾绿营人士打笔仗、热血正义的他,却常被狭隘的爱台湾人士骂不爱台湾。

到底什么是真正的爱台湾呢?

不论如何,我很庆幸认识这个人。他威武不屈、贫贱不移、长相帅气,可说是二十一世纪不可多得的男神⋯⋯

男神经病。

大家都了解海归是什么意思,多数时候是指放洋学习一段时间游回台湾的留学生。

近两年,台湾有个新群体出现,就是"陆归派",就是指我们这些在大陆读书拿了文凭的留学生。我到大陆的这两年台湾纷纷扰扰,马英九扩大承认大陆学历、台湾"反中"情结连连上涨、抗议事件频发等。(突然很庆幸这两年在大陆,不然会被新闻给气死!)

这次回台湾短短十天,我对熟悉的台湾朋友第一次产生"咦?你怎么会这样想?"的感觉,甚至对不少台湾年轻人产生"欸,我只离开了两年吧?怎么会这样?"的错觉。和同样在大陆念书的两位朋友聊过后才惊觉——原来,这是陆归派都可能会有的不适应症啊!

现在台湾的陆归派还是少数,未来两岸会如何都还是未知数,但身为"陆归派"的先锋（很威风吧），就写写陆归派回台湾后可能会出现的头痛、耳朵痛、心情不爽等不适应症吧。

不适症一：噢——你的口音好"棕"国！

话说以前看到有大陆网友模仿台湾口音"你造吗？我宣你很久了……"就觉得真是屁！我们台湾人讲话才不是这样！

这次回来，在台北街头晃一圈，听到数次"你很环耶"……环个毛线！在耻笑同胞的同时也发现一个残酷现实——原来台湾腔真的会"你造吗？你很环耶"。

去屈臣氏买化妆品，和可爱的九零后专柜妹妹聊了两句，妹妹的大眼睛笑眯成一条线。"你是'棕'国人吗？"

"棕"国（多数台湾人习惯称大陆为"棕"国，称对岸朋友为"棕"国朋友，这不用我多说明吼？）？

"感觉你讲话不像台湾的啊，你是'棕'国来的吼？"妹妹又问一次。

"棕"国就"棕国"，好好说话！

不适症二：别挡着本小姐的路！

来过台湾的就知道，台湾很多都很小。卤肉饭小小一碗，肉丝面小小一碗，男人大概三口就可以吞光。

还有小小窄窄的人行道,两个纤瘦的女孩就可以堵住,台北人的行走速度其实不慢,但对于在北京地铁里练就奔跑冲刺技巧的人,跟在年轻台湾妹子身后走真的会很想把前方的妹子踹飞——在北京这样的速度怎么可能搭上前方的公交车!

这次在台北车站(全台北地铁最繁忙的一站),我拉着朋友冲冲冲地踢开了前方的初中生、大学生、高跟鞋妹子,在关门前十秒跳上地铁,丝毫不顾朋友在后头惨叫:"等等啊——"

以前我经过台北车站时总是左躲右闪,身旁都是金光闪闪、行色匆匆、拿着"是他爸渴死"的上班族,一不小心就会挡到别人的路、被赏以白眼。但这次的我可是经过北京国贸地铁的试炼,等级上升了十级!

什么行色匆匆的上班族,什么台北最挤最忙的地铁……前方的妹子,可以走、快、一、点、吗?!

不适症三:大陆真的不是这样啦!

前面两个算是轻度的不适,啧啧两声也就过了。现在要说的,才是这次回台湾我最不适的一个。

大家到台湾来,多数真的会感受到台湾人的善良热情——给你指路、温柔微笑、娇滴滴甜腻腻的店员……

但,近几年的台湾人对大陆,产生不少转变。因为政治,也因为不了解、更因为个人经验，许多台湾人对大陆人产生不好的印象，甚至包含住过大陆的台湾学生。

很多人并非不善良，也不是单纯的恨，而是好多好多复杂的因素。

所以，陆归派可能会面对这种情况——

唉唉唉，大陆人民真的不是这样啦！

到大陆前，本人对大陆停留在"他们骂台湾人台巴子"的认知里，还准备了一张A4纸笔记了反击的答案，对于台湾社会"大陆只会山寨人民没素质"等言论也只会哈哈哈（←就是个死小鬼）。

还记得文章一开头的爱国学弟吧？他从以前到现在就会为"棕国"四处辩护（→他认为亲爱的中国不分台湾、大陆），而我总是觉得他很傻叉——干吗为了大陆在台湾得罪人呢？

什么事都有报应。

这次回台湾，朋友和我见面时难免提起大陆生活，然后本人就会重复地说："没有啦，大陆真的不是这样！"

"真的没有爱打仗啦！真的没有都吃狗肉啦！真的不会爱和台湾人吵架啦！"

"真的没有很封闭啦！真的不会因为你说习大大像小熊维尼就被逮捕啦！"

"大陆,真的不是……这样啦!"

讲到最后,一个讲话很直的朋友丢来一句——你是不是被洗脑了?

你才被洗脑!我呜呜呜地把脸埋进意大利面里,不说话了。

我气,是因为我知道我的某些朋友真的这样想,只是没说出口。

我难过,是因为原来台湾人没有我以为的包容可爱。

这时候我才发现,我很讨厌大陆人批评台湾,但我也不喜欢台湾人偏颇地批评大陆。

虽然它有很多缺点,但也给了我很多很多美好的回忆和感情。

嗷嗷嗷地奔去找爱国学弟哭诉,我喜欢大陆,但我更爱台湾啊!

他淡定点头:我习惯了。

我想他从小就习惯了,夹在"外省人"和"台湾人"之间长到这么大。

但是,只要你认为这是你该说的,就要说啊!

真正是你朋友的,不会因为"你被洗脑"就讨厌你。

我的朋友只是不懂,多数台湾人都只是不了解。

我到现在还不太明白,为什么台湾人对大陆敌意这么深?为什么某些人爱台湾的方式这么狭窄?

不过,我知道真正的朋友不会因为"你帮大陆说话"就讨厌你。

而且很多时候,两岸的隔阂并不是那么不可打破。

本来想赌气不跟朋友说话的我,吃完意大利面后终究嘴痒,又开始滔滔不绝。我炫耀:"我在北京学会唱一首歌喔,放给你听!"

来一首《最炫民族风》!

朋友从原本的不屑,到最后跟着"浪我用心把你留下来——留下来!"

(是让,不是浪,注意卷舌!)

P.S.后来,那首神曲《小苹果》更是征服台湾宝岛,夜市里有淡水河畔有,台湾东部花莲的小朋友个个会跳。只能说,中华民族的口味……还是很一致的。

30 他们眼中的大陆

这篇来写写我那些在大陆的台湾朋友们。

其实到北京后,我就不太跟台湾人玩在一起。许多刚到大陆的台湾人老是只跟台湾人混,这在我看来无法理解。

北京的台湾人说多不多,说少也不少。我努力地拉关系,找了几位在大陆的台湾年轻人,做了数次访谈,主题就是分享一下自己对大陆的看法。

他们基本上都是年轻人,不超过三十岁。很多人和我一样,从小对中国大陆没什么概念,会来这里的原因绝大多数是因为人多、钱多、发展好。

他们绝大多数人看到中国台湾眼角还是会抽一下,夹在"台湾朋友"和"大陆朋友"中间也常常很矛盾。

他们绝大多数也和我一样,爱批评又没胆子。批评完学校和大陆政府还会紧张兮兮地追问:"这份报告是匿名的吧?"

真是十足没胆。

最后,我丢出了一份几万字的报告给学校,里头绝大多数是废话。

台湾人对大陆的看法,真正有感情的,真正很好玩的,我都没写进报告。而是在这篇里,跟你们分享。

1.最有爱的回答

台湾人A,二十六岁,硕士生。家里是本省人,爸妈都偏爱民进党。大陆朋友老爱把台湾人用二分法分蓝绿,十足不正确——这家伙可是本人碰到的台湾人中,唯二会称呼大陆人民为同胞的奇葩。

访谈时,他带着他的女朋友一起来。在学校咖啡馆里,他和东北女朋友甜甜蜜蜜一起吃蛋糕。该东北女朋友小小只,颠覆我对东北人的刻板印象,可爱极了!

我问他,对大陆的感觉是什么? 他毫不犹豫地说,祖国!

我再问他,对大陆人的感觉是什么? 他毫不犹豫地说,同胞!

我被这样的政治正确吓到了!"你是认真的?"

"是!"他毫不犹豫。

后来,他女朋友去洗手间。他凑上前,小声地告诉我:"是我女朋友叫我这样讲的啦!"

你这家伙……太弱了吧!

我正准备揍他的头,他耸耸肩。

"但,毕业后,我们就想结婚了啊!提前适应她的想法,有什么不好?"

这家伙很矮,不到一米七。他女朋友也很矮,一米六出头。但那一瞬间,我看到了台湾小绵羊和东北母老虎。

我明白了一个道理——就算时代变迁,和亲的确能带来和平!

2.最现实的回答

台湾人B,三十岁,生意人一枚。

他呢,是电视剧里的台湾商人——真正成功的那一种。聪明、世故、帅气、年轻、有冲劲。

对于两岸关系,对于台湾大陆,没什么情感上的想法。访谈过程中,他只提到赚钱、经济、前景,什么纠葛复杂的感情在他看来纯属无聊。

"中国大陆就是个最适合打拼的地方。要安逸?回台湾领22K就可以很安逸啊!如果你不想赚钱,来大陆干嘛?"

"在这里,有钱才能谈到生活质量。许多台湾人老爱抱怨挤,老爱抱怨脏,你不去多赚钱买车、多赚钱去买好生活,抱怨有什么用?台湾人输大陆人的,就是台湾人老是认不清现实。大陆人懂多了,我们公司的大陆员工有野心又会拼!"

他不是唯一一个。后来我访谈了两三个台湾商人,基本上都持相同想法。另一个台湾商人也告诉我:

"很多台湾年轻人来大陆,看公务员不顺眼,看靠关系不顺眼,看什么都不顺眼的话,你就不会顺利。你只能去适应,并且去喜欢,就算是你不熟悉的环境。"

3.最温暖的回答

台湾人C,看起来像杀手,很有型。二十五岁,硕士生。

他是典型的时下台湾年轻人,参加过抗议,讨厌台湾政府。投过蔡英文,泡酒吧的时间比做学术的时间多。

"以前总觉得,台湾和大陆立场不同就是处不好。大学时我出去交换,那时超讨厌大陆的!我们坚持自己是taiwanese,大陆人不爽,我们就和他们吵。后来会来这里完全是出乎意料,我爸来工作,也希望我过来,我就来了。"

"开学不久,我和大陆朋友去新疆玩,坐了十几小时的车,外头一片茫茫沙漠,我们四人在车上轮流讲笑话、吃零食、发呆看沙漠。超痛苦,但四个人在一起耍白痴就很快乐。"

"那时我才发现,很多以前很在乎的事情其实没那么重要。"

4.最倒霉的回答

台湾人D,三十岁,看起来很老实的人,也是我问到最倒霉的人。我问他,你对大陆的感觉?

"靠,我第一天来北京手机就被偷了,报警还被警察骂。第一个礼拜肠胃炎,医生、护士都凶个半死。后来在这里工作,租房子房东讨厌关系处不好要退房,房东还不退押金。没什么法制啦,你签合同也没用……还有我公司的那些大陆同事根本就处不来……"哇啦哇啦抱怨一大串。

"所以你很讨厌这里?"

"喜欢啊,我在北京待了七年耶!"

"但是你不是都在抱怨吗……"

"如果你不来,你碰的到这些事吗?北京很有趣,随时都在变,大陆人也是百百种。前一秒有人骗你,下一秒有人帮你。前一刻你讨厌这里,下一刻你可能会喜欢这里。"

5.多数人的回答

我和台湾朋友聚在一起,最普遍的情形就是抱怨这个抱怨那个。毕竟在人家地盘上,很多话无法开口,逮到同胞就要发泄一番。这叫老乡见老乡,两眼泪汪汪啊!

大家会抱怨空气太脏食物太咸地铁太挤物价太贵钱赚太少医

生太凶教授太忙服务太差,话锋一转再抱怨台湾薪水太低、政客太蠢,反正就是没啥好话。

我问了二十几个人,你喜欢大陆吗?

连我都意外的是,多数人的回答是:"算是喜欢吧。"

为什么喜欢?

有人说,我在这里人家对我好,所以我喜欢。

有人说,虽然我讲了大陆很多不好的,但很多好的感觉我放在心里,只是不知道怎么说。

喜欢这里,因为我在这里有很多朋友——这是最多人的回答。

很多人用台湾人认不认同自己是中国人来评断台湾人的友善程度,然后很多人的结论就会是孺子不可教也,所以对他们再好也没用。

两岸最妙的就是,大家都知道是教育和环境不同,但大家都固执地无法谅解对方。我还记得有位网友告诉我:"国家认同不同就是人生想法不同,怎么当朋友?"

那就,一起去新疆吧!

去看看一大片沙漠,去看看一大片星星。一起讲讲笑话、一起唱唱歌。

我们只是老百姓,没有政治人物的包袱。

或许很多事情,真的没有想象中重要,也没有想象中不可改变。

31 为什么要写两岸话题呢？

台湾人写大陆很吃力不讨好,很容易被骂。说实话被骂有优越感、奉承被骂虚伪、真情流露就是矫情,除了容易招骂外还很麻烦。比方有某台湾"专家"说"大陆人买不起计算机",就会有人跟风问你:"你们台湾人为什么如何如何……"有时会很想哭——那些外星人真是台湾人吗?何苦同胞黑同胞!

一开始写的时候,看的人少,心情很差,还会和人吵架。

现在习惯了,看的人还是少,但至少写着写着有人喜欢、有人催着更新,给笨笨的我不小的勇气。

丑人多作怪,玻璃心总爱找骂。我就是爱写两岸文章,但我超级玻璃心。

曾经因为吵不过天涯群雄而注销账号,因为吵不过豆瓣友邻而删除广播,到现在还是常因为怕被骂,所以发文后不敢看留言。

那，为什么要写"台北女孩看大陆"系列呢？

说好听点是因为想让大陆朋友了解台湾人，说实话就是那时没事做。

当时我在北京生活了近一年，还是快乐（也不怎么读书）的研究生，每天除了喝酒吃饭就是瞎晃。晃一晃就容易没钱，没钱就只能宅在宿舍上网。

于是回到了有一阵子没上的豆瓣论坛。

我的豆瓣生涯可分为三期。前期是激情期，四处留言每天按着F5键重刷；中期是稳定期，吵来吵去往往了无新意；后期就是倦怠期，像结婚七年后的夫妻，一个礼拜开一次豆瓣。

我当然处于后期，豆瓣的台湾组还是一样政治口水飞来飞去。看着看着就无聊了，干脆就发发豆瓣日记。日记写什么？

突然想到，就写写自己对大陆的看法好了。我这个人常常突发奇想，和当初到大陆读书时一样，只是一个念头，就去做做看。写完了，也不管好不好就丢在小组话题里，自己更新自己顶！

用力地顶、努力地顶！

然后，我体会到很多没有想过的体验。体会到久违的笔战，久违的批评，以及久违的喜欢。

刚开始时比较会批判,批判大陆朋友的态度、批判一些看不惯的事。后来在骂声及掌声中渐渐明白,两岸交流吵吵闹闹绝对是必然的。

但,在吵架中可以逐渐学会体谅对方。

在写两岸相关的文章时,不可避免地常怕被骂、怕太敏感、怕东怕西的结果往往是自己吓自己。很多时候,大陆人民的包容力比我想象的还要强许多。

现在的我还是无药可救的玻璃心,老是不敢看评论。

但,和当初到大陆读书一样,我很开心自己的选择。至少这让笨拙的我学到了一点点东西。

学会换位思考、学会乱问乱写不怕错、学会把玻璃心强化成防弹玻璃(可惜似乎没成功)。

我到大陆的这两年多,台湾纷纷扰扰。

人们蓝绿互相责怪,很多问题似乎没有解答,我的社交网站像是个战场。一说错话便会"就知道你卖台"而不幸中弹。

幸好我从不发言,因为那些高深问题我不懂。

我只是单纯地想,男人用错方法爱会跑,国家用错方法爱伤害会更大,面对两岸问题,我们爱台湾的方式对还是不对?

看我文章的朋友就知道，我的两岸文不学术也不专业，老是嘻嘻哈哈。

两岸未来会纷纷扰扰还是和和气气我不知道，统独蓝绿，什么才是对台湾好，这些高深问题我始终不明白。

我就是个笨蛋老百姓，只期望不论未来如何吵吵又闹闹，自己不要忘记在大陆曾经得到的笑容和善意。

贴心附录：

冤枉啊，

台湾/大陆，并不是这样子的！

来大陆两年多，被问过各种有趣的、哭笑不得的问题。好多时候，总是有"唉，你们怎么会这样想"的无奈。在此贴心列出几条容易彼此误会的事项，如果你正好也是这样想的……虽是个人意见，也谨供参考。

大陆人容易误会台湾的三点：

1. 噢，你是蓝/绿，你喜欢/讨厌大陆。

别再把台湾人都用二分法来划分了！在这个多变摇摆的年代，先不论台湾年轻人支持蓝营或绿营的心意到底多坚定，蓝绿和对大陆的好感度没有太大关系。至少依个人经验，身边不论是支持哪一党的年轻人朋友对大陆的态度都差不多。

2.南部人对大陆人不友好？

台湾南部是人情味更甚于北部的地方，这个问题，只能请你亲自走一趟台湾了。放心，不会有安全疑虑的，除非你拉着别人四处谈政治。

3.你怎么不会说闽南语？台湾不是都说闽南语？

一般来讲，本省孩子比较会讲闽南语，因为家庭因素。但在台湾北部，尤其是台北，许多年轻人是不会说闽南语的。如果到台湾南部，基本上以闽南语为主。

另外，南北口音是会有差别的，一般来讲，北部人的普通话会比南部人字正腔圆一点。不过听在各位大陆朋友耳里，可能都是"你想怎样啦"的台湾腔。

为了公平起见，也依照经验来讲讲台湾人（或是我身边的台湾朋友）对大陆的三大误会，也给各位做个心理准备。若各位大陆朋友到台湾，听到台湾人问出这些问题，也请微笑包容。

1.你们是不是很不自由？一说错话会被抓？

2.大陆的厕所是不是常常没有门？

3.北京、上海很富有而且物价昂贵，但二线城市物价便宜而且很穷？

以上，仅供参考。不论听到的大陆同胞是冷笑还是窃笑，想如何回答，就依照他们那时的心情而定了。

常听大陆网友说，到了台湾，才发现新闻里的台湾和真实的台湾原来那么不一样。

大陆又何尝不是如此？

不管新闻如何各执一词，两岸政策方针如何变化，当我们走进对方的世界，才明白多数时候我们很相似。

都是单纯地在为各自的家园努力。都是单纯地想被认同而已。

两年多了，作为一个来自台湾的女生，面对许多突发的两岸事件还是会为难。很多时候，甚至不敢多做评论。

但我很幸运，在两千多万人的一线城市总可以得到陌生人的善意。因为我来自台湾，即便有时两面不是人，但更多更多的时候是"噢,你是台湾同胞啊"的善意。

现在的我,还在大陆生活着。有时很想台湾,很想家,很想念淡水的夕阳。

但只要看见上海的外滩夜景,吃着蟹粉小笼包,计划着下周可以去宁波玩……瞬间又会觉得大陆真好,地大物博,也会觉得,在这里生活,真是不错啊!

后记　我是"爱台北",我爱北京

用一句很老土的话来讲,2010年12月21日,真是一个改变我目前人生的转折点。那一天,我与大陆(台湾许多人口中的"棕国")结下了不解之缘,也在同一天,我开始在豆瓣网发表日志,并随手取了个糟糕的名字——"爱台北"。

这让我后来被取笑了好久,台湾网友表示"那个爱台北现在要改名叫爱北京",大陆网友表示"那个爱台北现在要改名叫爱美国",这名字同时也造成出书的困扰——有人笔名是"爱台北"的吗?

但是,从"爱台北"开始,好多机遇是我从前想都没想过的。追根究底,要归功于两岸实在对对方了解太少,雾里看花水中望月,不少人对"台湾人到底是怎么想大陆的呢"这个问题万分好奇,因此笨笨的台妹"爱台北"才渐渐在网上开辟出自己的一块小天地。

我大学时期就用豆瓣论坛了，那时看到大陆人口中的台湾简直不敢置信，人情味、还钱包、温良恭俭让，对比台湾电视每天上演的各种社会新闻完全是两个世界，奇怪，大陆是有多危险啊？人民多坏啊？这是我的第一个想法。

在北京某高校读书时的某天，我姐姐从海峡另一端跟我打电话。

"你知道，新闻报道说有大陆的高中老师看到台湾高中生的国文课本一直说太难了吗？似乎大陆不太教文言文？"

"是吗？大陆高中不太教古文？太弱了吧！"

一旁的室友听不下去了："我读书时学过好多文言文，被考试整得累个半死，你们台湾报道完全不尊重事实啊……"

这样的事情层出不穷，让我兴起了写下我对大陆的看法的念头。

"当台湾人碰上大陆人，彼此的内心戏实在太有趣了！"就是这样看热闹不嫌事大的初衷，促使错字大王兼懒癌患者的我居然开始在网上勤奋地更新日记。

意外地，渐渐越来越多人愿意收看，甚至催更，进而有出版社找来签约，让我受宠若惊……但台湾人要在大陆出书，其实还是有点难度。

好不容易，等到了快出版的一天，那时的我已经从学生到上班族,从上海又回到北京。2015年12月14日,习马会过了,"陆生能不能纳入台湾健保"的事闹得沸沸扬扬,我在计算机前写编辑要求的后记。

写得我绞尽脑汁、文思枯竭、头昏脑涨……怎么这么难啊?

对我而言,越喜欢大陆,越感觉大陆好难写,这篇后记更难写。

大陆的难写,在于许多台湾人谈起它产生的抗拒感,你这样爱北京,还算爱台湾吗?

大陆的难写,在于两岸人民对彼此的敏感,写好话另一边说你是溢美、写坏话又容易被指责以偏概全。真是悔青了肠子——没事写什么两岸啊!

网上有不少热门帖,告诉各位怀抱作家梦的文学青年们:"我是如何出版第一本书的,你也可以试试喔。"

我当然也很想出书,从初中到大学,都怀抱着当个言情小说家的梦想,初高中时偷偷在稿纸上写小说,如早恋一样被父母师长视为大忌,被威胁"成绩不好以后就去菲律宾当女佣";后来上了大学才发现——台湾年轻人啊,对不起,虽然你成绩好有文凭,仍然可能变成台佣。

我们台湾这一代,被说成是"小确幸"(出自村上春树的小说,意即"追求小而确定的幸福"）、没有闯劲的一代,而大陆以及日韩、新加坡的年轻人表现越来越亮眼,两相对比总有难以形容的滋味,就算嘴上说"大陆还是很脏乱啦""韩国喔？卑鄙的国家""去新加坡？你想被鞭打吗？"

但内心很难承认的真相却是,我们台湾曾经很厉害,但现在真的……比起小确幸、没有闯劲、缺乏国际视野,也许更确切的形容词是:失落。

连大陆小说都开始冲击台湾本土市场了！言情作家梦一朝梦碎,我就如看着支付宝登陆台湾一样唏嘘——怎、么、又、是、大、陆。

就是怀着如此复杂而好奇的心情,我决定拜托大学老师帮我写一封到北京读研的推荐信。

"北京啊,你确定吗？"老师挑眉,"虽然是好学校,但师资可能不如香港喔。"

"您先帮我写嘛,能申上再说。"

一年多后,我重新回到台湾的母校,却让认识我的老师们惊呼连连。

"你现在话好多啊！"这是第一个改变。

"说话还有点大陆腔儿。"这是第二个改变。

"你在大陆读书,那里的年轻人是不是真的都是'狼'？"这是最常被问到的问题。

后来，我才渐渐发现，正如同大陆人好奇台湾人怎么看大陆一样，台湾人也会好奇"大陆人是怎么看台湾的"，一位交换生写下自己对台湾的种种认知的书创下销售佳绩，她笔下的台湾是个小清新之岛，人民善良，热心助人，缺点是喜欢黑"棕国"大陆。

那大陆人呢？

台湾媒体最常用来描述大陆人的词是"狼"，眼观四面耳听八方，等待时机猎杀对方，而台湾人是羊，软绵绵没有杀伤力。

但，我眼中的大陆人……应该说我身边接触的大陆朋友其实并不只向我展示了"狼"的一面。他们有理想有抱负，有学术青年有文学青年；有时对国家现状慷慨陈言，但许多时候却只能耸肩"没办法，就是这样"，十分矛盾。但整体而言，多数人对国家未来抱有期望。大陆由苦入甘，一点点地崛起；台湾则由甘入苦，曾经的"亚洲四小龙"辉煌不再。

和台湾年轻人最大的差别，可能就差在"期望"这两个字。

但与此同时，两岸年轻人也是很容易变成好友的。同文同种，同气连枝，知大同而存小异，对于彼此都是很特别的存在。

在大陆实现作家梦，是个很奇妙的体验，谢谢曾经给我打气的读者朋友们。

"如果一些台湾朋友看到我这样写,会不会觉得太'亲大陆'啊?"

"大家都已经在网上看过好多篇了,谁愿意买啊?"

"天啊,我以前的文笔好幼稚!"

诸如此类的忧虑,老让我的编辑要担任心理咨询师的角色,身为无比龟毛的处女座,这本小书在努力加入新内容、反复修改数次后,才敢以现在也同样并不完美的面目出现在大家面前。再次谢谢所有读者朋友。

"大陆人真好玩啊""原来台湾人是这样想的啊""台妹真有趣"……如果各位看完书后能有这样的心情,那就太好了。

2015年12月中于重度雾霾的北京

稀奇的古早热水壶

第一天到学校,看到开水房外的热水瓶时……

装茶的?

白痴啊,谁会拿这么大的水瓶装茶?这是提回去洗的。

这是打热水啦!可以泡脚可以喝水的。新生都要买一个。你们要不要买?

大陆学生读书狂

出发去北京读书前……

如果拼不过大陆学生就回台湾，不用觉得丢脸，毕竟读书靠天分的。

妈妈

如果拼不过大陆学生就回台湾，不用觉得丢脸，毕竟读书靠天分的。

朋友

如果拼不过大陆学生就回台湾，不用觉得丢脸，毕竟读书靠天分的。

网友

我都还没去，你们就笃定我会念最后一名和挂科了？